물빛 그리움

시아북수필선 **016**

물빛 그리움

금명숙 수필집

인쇄일 | 2025년 06월 03일
발행일 | 2025년 06월 10일

지은이 | 금명숙
펴낸이 | 김영빈
펴낸곳 | 도서출판 시아북(詩芽Book)

출판등록 | 2018년 3월 30일
주소 | 대전광역시 동구 선화로214번길 21(3F)
전화 | (042) 254-9966
팩스 | (042) 221-3545
E-mail | siab9966@daum.net

값 12,000원

ISBN 979-11-94392-31-6(03810)

---

* 저자와의 협의에 의해 인지를 생략합니다.
* 잘못된 책은 바꿔드립니다.
* 이 책은 2025년도 충남문화관광재단의 창작지원금을 지원받아
제작되었습니다.

시아북수필선 016

물빛 그리움

금명숙 수필집

거친 문투나 습벽들이 오늘의 것과 뒤범벅이 되기도 하고,
더러는 의도함에 따른 주제가 낯설어
밖으로 옮기기가 편치 않을 듯싶었지만 용기를 낸다.

여기 지나간 날들의 삶의 기록에서 몇을 추려 한 권의 책으로 엮게 된 것을
감사하게 생각한다.

시아북
詩芽BOOK

작가의 말

옮겨 사는 집의 협소와 궁색함에서 무언가를 찾는 일이 생길 때면 늘 법석을 떤다.

그날도 마찬가지였다. 내가 찾아낸 것이란 애초의 소용물이 아니고 2, 30년은 족히 될법한 낡은 스크랩이었다.

웬만한 크기의 책으로 따져 두 권은 될 만큼의 분량이었고, 어떤 것은 오래 짓눌려 있어서 내용도 알아볼 수 없을 정도에 이르고 있었다. 그래서 갑작스럽기는 하지만 얼른 정리를 해야겠다는 생각에 미쳤다.

거친 문투나 습벽들이 오늘의 것과 뒤범벅이 되기도 하고, 더러는 의도함에 따른 주제가 낯설어 밖으로 옮기기가 편치 않을 듯싶었지만 용기를 낸다.

여기 지나간 날들의 삶의 기록에서 몇을 추려 한 권의 책으로 엮게 된 것을 감사하게 생각한다.

이 책 속에 단 한 편의 글이라도 읽어주는 누군가에게 기쁨과 소망을 전해줄 수 있다면 그 이상의 기쁨은 없을 것 같다.

2025년 6월

금영숙

2부 비어 있는 세월

3부 혼자 사는 집

4부 그 바람 어디쯤

물빛 그리움

금명숙 _{수필집}

1부
떡갈나무의 시간

1.

유년, 그 기억 저편

　창문 덜컹거리는 소리에 잠이 깼다. 태풍이 지나가는지 바람 소리가 요란하다. 올여름엔 유난히 비가 잦다. 볕을 보는 날이 드문데다가, 아파드에 실다 보니 빨래 밀리기가 어렵다. 이불이나 큰 빨래는 널기도 어렵고 잘 마르지도 않는다. 빨래를 널 때마다 마당이 있는 단독주택이 부럽다.

　얼마 전 문우들과 함께 가까운 전원주택에 다녀온 적이 있었다. 찻길을 벗어나 한참을 들어가니 잡지에서나 봄 직한 예쁜 집이 마을을 이루고 있었다. 잘 가꿔진 화려한 정원과 그림 같은 집을 이리저리 둘러보며 연방 감탄사를 터뜨렸다. 정원의 꽃과 나무도 좋았지만, 넓은 마당이 더 좋았다.

잔디가 깔린 그곳 가득 햇볕이 놀고 있었다. 그 뜰을 가로질러 줄을 내고 바지랑대를 세워 이불이며 빨래를 넌다면 얼마나 잘 마를까! 젖은 빨래를 탁탁 털어 널다 보면 스트레스도 풀리고 하늘 높이 널린 빨래와 함께 내 마음도 나부낄 것 같았다. 햇볕에 잘 마른 이불은 구름처럼 폭신하고, 뽀송뽀송하게 마른 옷가지에선 햇볕 냄새가 나리라. 빨래를 널 때면 그곳이 눈에 선하다.

유년의 기억 저편에는 늘 외가 마당이 자리한다. 집 둘레에 작은 감나무가 두어 그루 있을 뿐, 울타리가 없이 탁 트인 마당에 앉으면 멀리 산 아래 우물이 보였다. 길이 따로 있었지만, 동네 사람들은 마당을 길 삼아 수시로 지나다녔다.

시골엔 길이 따로 없다. 어느 곳으로 걸어 다녀도 아무도 상관하지 않는다. 볕이 좋은 여름 한낮에는 타작한 곡식이 차지하였고, 저녁 어스름이 내리면 멍석을 깔고 밥을 먹고 밤하늘의 별을 보다가 그대로 잠이 든 적도 있었다. 비가 내리는 날이면 방문을 활짝 열고 내리는 비를 바라보면 마음이 차분해졌다. 비와 흙이 서로 품으며 풍기던 흙냄새, 개구리가 뛰고 지렁이가 나오던 그곳은 늘 어린 시절과 함께였다.

꽃과 나무가 잘 가꿔져 눈을 즐겁게 하는 정원은 혼자 있는 시간이 더 많다. 그리고 함부로 뛰면 안 될 것 같아 늘 조심스럽다. 소박하지만 사람의 발길이 잦고 바람결에 날아온 풀씨들이 제 맘대로 자리를 잡아도 좋은 그런 마당이 더 편하다.

삭막한 콘크리트 삶을 벗어나, 넓은 하늘이 보이고 햇볕이 놀다가는 뜰 하나 갖고 싶다. 바람이 잦아들더니 햇살이 비친다. 오늘은 빨래가 잘 마르려나, 서둘러 빨랫감을 챙긴다.

2

선운사 가는 길

선운사의 동백꽃이 보고 싶었다. 송창식의 노래를 들을 때마다 그런 생각을 했다. 며칠 전 '꽃이 피는 건 힘들어도 지는 건 잠깐이더라'는 최영미 시인의 시를 읽으면서 불현듯 선운사 동백꽃이 더욱 간절해졌다.

아카시아 꽃이 진한 향기를 날리던 봄날, 드디어 갈 기회가 생겼다. 동백은 추울 때 핀다는 생각은 미처 하지 못한 채 마음은 꽃 볼 생각에 마냥 부풀어 올랐다.

일주문에서 선운사까지 도솔계곡은 푸른 나무 터널로 말미암아 온몸에 푸른 물이 들 것 같았다. 처음으로 눈길을 끈 것은 천연기념물인 송악이었다. 바위에 뿌리를 내려 절벽을 타고 올라 만든 덩굴식물의 거대한 자태를 보며 경악을 했다. 높이가 15m라니! 그 나무 아래 서면 머리가 좋아진다는 속설이 있다지만, 가까이 가기가 어려워 욕심을 버릴 수밖에 없었다.

선운사 절 마당은 운동장처럼 유난히 넓고 고즈넉했다. 휴일이었으나 날씨가 흐린 탓인지 사람들이 그리 많지 않았다. 처음 보는 후박나무의 꽃과 향기에 취해 있는 내게 동백꽃을 보러 가자며 함께 한 이가 손을 끌었다.

절 뒤로 보이는 숲이 모두 동백나무였다. 꽃은 이미 눈물처럼 후두두 지고 몇몇 송이만 붉은 웃음으로 반겨 주었다. 잠시 꽃이 피었을 때의 광경을 그려 보았지만, 실감이 나지 않았다. 발걸음을 옮겨 뒷마당과 절 구석구석을 돌며 오래된 시간 속의 풍경들을 찬찬히 둘러보았다.

아쉬운 맘을 접고 일행을 따라 앞서거니 뒤서거니 하며 도솔암으로 향했다. 초여름의 숲길은 나무들이 내뿜는 향기로 말미암아 새 힘이 솟아나게 했다. 오랜만에 땅의 맨살을 밟으며 둘레둘레 숲길을 걸었다. 골짜기를 따라 걷는 길 주변은 가을이면 온통 꽃무릇이 피어 붉게 물든다고 한다. 그 광경이 보고 싶어 가을쯤 다시 오고 싶다는 생각을 했다.

계곡의 물은 검었다. 타닌 성분이 가득한 상수리나무ㆍ참

나무의 잎들이 물과 바위에 내려앉아 물빛이며 바위가 검어 졌단다. 잔잔한 물 위에 비친 물구나무선 나무들이 이채로 웠다. 아늑하고 한적한 길모퉁이를 돌 때마다 나무들이 마중을 나왔다. 그들과 함께 걷는 길, 저 끝엔 뭐가 있을까 마음이 설렜지만, 벤치에 앉아 잠시 쉬어 가기로 했다.

무심히 바라보는 눈에 허리를 비틀며 올라간 나무둥치가 보였다. 곧게 벋어 있던 몸을 휘어가며 꺾어가며 이 땅 어느 곳에서도 살아갈 수 있음을 온몸으로 보여 주고 있었다.

나무는 한자리에 서서 움직일 수가 없다. 그러기에 낮으면 낮은 대로 못나면 못난 대로 섞여 살아야 하리라. 햇빛을 따라 이리저리 가지를 뻗어야 하고 수분을 찾아 아래로 깊이 뿌리도 내려야 할 것이다. 복잡하게 땅을 나누며 뻗어 있는 뿌리, 나무의 발들. 저 아래 세상은 어떤 세상이기에 저리 구역을 나누고 있는 것일까? 비바람에 가지가 망가져도 튼튼한 뿌리로 생명력을 지키는 나무를 보며 작은 바람에도 뿌리째 흔들리며 쉽게 변해버리는 나의 마음이 살짝 부끄러웠다.

다시 완만한 골짜기를 한참을 걸었을까? 도솔암이 가까워 졌을 무렵 길가에 우산살처럼 여덟 개의 굵은 가지를 펼치고 서 있는 키 큰 장사송을 만났다. 나이가 600살이라는 이 소나무에는 수 자리 떠난 남편을 이곳에서 애타게 기다리다

숨진 여인의 넋이 극락 장생해서 다시 태어났다는 전설이 담겼다. 우리의 전설에는 기다림이나 그리움을 담은 이야기가 참 많다. 그것은 나무가 되고 꽃이 되고 별이 된 이야기로 전해져 우리의 마음을 적신다.

마지막 남은 힘을 모아 가파른 돌계단을 따라 내원궁으로 올라가는데 숨이 턱턱 막혔다. 사람들이 꼬리를 물고 올라와 되돌아 내려갈 수도 없어 안간힘을 쓰고 올라갔다. 내원궁에서 바라다본 풍광은 장관이었다. 시원한 공기가 힘들게 올라온 보람을 느끼게 했다. 지대가 높은 탓인지 그곳의 나무는 가지가 한 방향으로 누워서 자라고 있었다. 가파르게 올랐던 계단을 아슬아슬하게 내려오며 이 길을 언제 또 다시 올 수 있을까 하는 아쉬움이 들었다. 돌아올 시간에 쫓겨 가보지 못한 길에 대한 미련도 남았다. 언제든 다시 오는 날, 남겨 둔 저 길을 꼭 걸어 보리라. 애써 마음을 달래며 돌아섰다.

그곳엔 지금 꽃무릇이 피었을까?
푸른 잎 대신 폭죽처럼 핀 꽃들이 계곡을 수놓고 있을까?
그 풍경을 떠올리며 마음은 또 어느새 선운사로 가고 있다.

꽃이

지는 건 쉬워도

잊는 건 한참이더군.

영영 한참이더군.

3.

마음의 별자리

　단양에서 육 남매가 모였다. 작년에 이어 두 번째의 만남이다. 이번 모임엔 봄에 결혼한 장조카 내외와 언니 딸 부부도 함께했다

　숙소에 짐을 풀고 어린 조카들과 올케들은 물가로 나가고 언니와 나는 햇볕을 피해 방에서 도란도란 이야기를 나누었다. 말이 없는 나와는 달리 언니는 말을 참 잘한다. 또 처음 만나는 사람들과도 금방 친해진다.

　육 남매의 맏이인 언니는 입이 짧아서인지 스무 살 무렵까지 엄마가 밥그릇을 들고 따라다녔다. 특히 외할머니는 손녀가 셋인데도 언니만 예뻐했다. 언젠가 수수 조청을 만들

어 와서는 내겐 한 숟갈 맛만 보이고서 언니가 먹을 약이라며 손도 못 대게 했다. 두 분의 사랑 안에서 곱게만 자라서 밥도 안 해보고 맏며느리로 시집간 언니가 지금은 못 하는 음식이 없다.

밖에서 들려오는 아이들 소리에 우리도 개울가로 나섰다. 허리를 굽혀 개울 바닥을 들여다보니 물이 맑았다. 풀 사이로 작은 물고기들이 헤엄쳐 다니고 바닥엔 드문드문 다슬기도 보였다. 아이들의 첨벙거림에 잔잔히 흐르던 물이 갑자기 소란스러워졌다. 여자들은 다슬기를 줍고 남자들은 물고기를 잡았다. 어느새 해가 설핏하건만 어른이나 아이들은 물에서 나올 생각을 안 했다. 황혼이 내릴 즈음 저녁상이 차려졌다. 오늘 모임은 형부의 회갑 축하연으로 모인 자리다. 부모가 돌아가시고 나니 이젠 형부가 집안에서 제일 어른이다. 오빠의 축하 인사와 형부의 건배로 분위기가 무르익을 무렵, 동생이 형부에게 보내는 축시를 낭송하였다.

(중략)

형부
별 반짝이는 아름다운 밤이
아직
한참이나 남았습니다

다음 길모퉁이까지
행복하게 걸어갈 수 있기를 바라며

오래 건강하시고 행복하게 지내십시오

　축시의 마지막 연이다. 예순 해를 살아온 형부의 모습을
본다. 머리엔 서리가 내리고 주름은 늘었지만 넉넉한 모습
이 좋다. 늘 편안한 웃음으로 우리를 다독여 주며 집안의 맏
이로서 든든히 자리를 지켜주어 감사하다. 곁에 서 있던 언
니가 살며시 편지 한 장을 꺼냈다. 난 형부에게 보내는 사랑
의 편지인 줄 알고 얼른 읽어보라고 했다. 그런데 뜻밖에도
동생들에게 쓴 편지였다.

　"맏이로서 아무런 힘이 되어 주지 못해 미안한 마음뿐인
데, 너희는 언제나 내게 사랑을 주고 힘이 되어 주었지. 세상
에서 가장 아름답고 귀한 보석을 꼽으라면 난 주저 없이 '내
동생들'이라고 말할 거야……."

　사는 동안 어찌 사랑하는 마음만 있었을까. 생김새가 다르
듯 성격 또한 각각이어서 때론 섭섭한 마음, 그리고 오해도
있었을 것이다. 언니의 마음이 담긴 편지는 내 마음을 울려
눈물까지 돌게 하였다. 외할머니와 엄마에게 받았던 유별난
사랑을 이렇게 동생들에게 주는구나 싶은 생각이 들었다.

　맏아들인 오빠에 대한 엄마의 사랑은 더 유별났다. 아침마
다 뜨거운 밥에 날계란과 간장으로 밥을 비벼 주었고 가끔
잡는 닭도 오빠만 먹였다. 대신 오빠는 우리들의 방패막이

가 되어야 했다. 동생들이 잘못해도 꾸지람은 오빠 혼자서 다 받았다. 언젠가 만화책을 빌려서 미처 갖다 주기도 전에 만화방 주인이 집으로 찾아왔다. 그날 오빠는 엄마에게 회초리를 맞았고 책가방도 아궁이에 던져졌다. 만화는 다 같이 봤는데 벌은 오빠 혼자만 받은 것이다. 아들에 대한 엄마의 사랑만큼 벌도 매서웠다.

엄마의 건강 문제로 오빠는 고등학교를 졸업하고부터 실질적인 가장 노릇을 했다. 어려워진 생활 때문에 우린 꿈도 희망도 다 접고 오직 사는 일에 매달려야 했다. 별안간 찾아온 엄마의 병은 모든 것을 공황 상태로 만들어 버렸다. 앞이 보이지 않을 만큼 캄캄하던 그 시간 속으로 한 줄기 빛처럼 올케언니가 들어왔다. 어려운 사정을 마다 않고 한 가족이 되어, 오빠가 받았던 엄마의 사랑을 올케언니가 대신 베풀었다. 시동생들 공부 뒷바라지하며 결혼까지 엄마의 역할을 한 것이다. 짧지 않은 시간을 홀로된 시아버지를 모시며 집안을 지켜준 올케언니의 고마움을 어찌 잊을까! 동생 내외들도 그 고마움을 알기에 올케언니를 생각하는 마음이 각별하다.

그런데 그 좋은 시절을 시집살이로 다 보낸 언니가 오히려, "힘들었던 지난 세월이 이만큼 나를 성숙하게 해준 것 같아 감사하고, 사랑해 주는 가족이 많으니 행복하다."고 말한다. 그 말에 올케들이 "시댁에 가면 항상 웃으며 반겨주는 형님들과 식구들 덕분에 즐겁다. 형님이 계셔서 든든하고 감사하다."고 답을 한다. 이번 모임을 통하여 서로 주고 싶은 마음도 털어놓고, 못다 한 이야기며 마음속 이야기를 모두 꺼내 놓았다. 그 하나하나의 이야기가 모두 소중하다.

돌아보니 삶의 무게라 생각했던 그것이 감당할 수 있는 만큼의 불행과 자잘한 행복이 어우러진 시간이었다는 생각이 든다. 지금도 비록 물질적으로는 풍요롭지 못하지만 부족한 것은 마음으로 채우며 삶 속에서 행복을 찾으려 노력한다. 시련과 고통은 때론 보석처럼 삶의 교훈이 되기도 한다. 어려운 문제들을 극복해 가는 과정에서 얻는 기쁨과 보람도 크기 때문이다.

내가 서 있는 자리를 돌아본다. 화려하지 않아도 소박한 꿈이 담겨 있는 내 작은 마음자리, 소중한 가족들, 그것이 내 삶을 따뜻하게 한다. 함께하는 이 시간이 보석처럼 느껴진다. 그리운 얼굴들, 멀리 있어도 자주 소식이 없어도 조용한 마음자리에 별처럼 떠오르는 얼굴들! 그 얼굴 하나하나가 마음의 별자리가 되어 영원히 내 마음 안에 머물 것이다.

먹구름 뒤에는 맑게 갠 하늘과 새롭게 열리는 또 다른 날들이 있음을 알게 된 지금, 별 반짝이는 아름다운 밤이 한참이나 남았다는 동생의 시구처럼 그렇게 또 한 번 삶의 모퉁이를 돌아보리라.

4

회상

집이 텅 빈 것 같다. 이런 일이 처음이 아닌데도 늘 그렇다. 대학을 졸업한 아들이 갓 입사한 회사의 인턴으로 가게 되어 살던 곳을 정리하고 잠시 집에 왔다. 어쩌다 와도 하룻밤 자면 훌쩍 가버려 아쉬웠는데, 이번엔 한 열흘 정도 머물렀다. 집에 있어도 제 방에 틀어박혀 있을 때가 많았지만, 이번 아들과 있을 때는 공기마저 다르게 느껴졌다.

출근할 날이 가까워지자 간단하게 짐을 챙겨 아이가 살 집도 볼 겸 따라나섰다. 처음 본 고시텔은 방이 좁아 무척 답답해 보였다. 이 비좁은 곳에서 지낼 아들 생각에 발길이 떨어지지 않았다. 걱정하지 말라며 내 등을 미는 아들을 두고, 오는 내내 마음은 여전히 거기에 있었다.

집에 돌아와 아이 방을 보니 마음이 더 허전하다. 거실에 앉아서도 자꾸만 아들 방으로 눈길이 간다. 닫아두면 더 허전할 것 같아 방문을 활짝 열어 두었다. 품 안의 자식이라는 말이 젊어서는 실감이 나지 않았다. 이제는 조금씩 아이들을 품에서 떠나보내야 한다. 세상은 참 편리해졌는데, 삶은 갈수록 더 힘들어지는 세상이다. 전쟁터 같은 세상에 아이를 내어놓고 걱정에 맘이 놓이지 않는다. 군대까지 다녀온 아들인데도 말이다. 오래전 엄마도 이런 마음이었을까?

엄마는 맏아들인 오빠에게 온갖 정성을 쏟았다. 그런 엄마에게 보답하듯 오빠는 모든 면에서 출중했다. 고등학교에 진학할 때가 되자 아버지는 졸업 후 취직이 보장되는 서울에 있는 학교에 원서를 냈고, 오빠의 서울 유학은 일사천리로 진행되었다.

내기 살던 곳은 영동선과 경부선이 지나는 교통의 중심지였지만, 차를 타 본 기억은 손을 꼽을 정도였다. 그곳에서 생각하는 서울은 지금의 외국처럼 먼 곳이었다. 그 먼 곳으로 어린 아들을 혼자 보내야 하는 엄마의 마음은 얼마나 아팠을까? 모든 걸 제쳐두고 함께 가고 싶었을 것이다. 그런 결정을 한 아버지가 무척 미웠을지도 모른다. 아들이 살 집이며 학교도 궁금하고 이것저것 챙겨서 가보고 싶었을 것이나 내 밑으로 동생이 셋이나 있고 막내는 다섯 살이었으니 단 하루도 집을 떠날 형편이 못 되었다. 때마침 대학생인 외삼촌이 서울에 살고 있어서 함께 지내기로 하고 오빠는 혼자 서울로 떠났다.

언덕 위에 있던 집에서는 서울 가는 기차가 보였다. 시계가 없어도 오가는 기차를 보며 시간을 가늠했다. 엄마는 기차를 볼 때마다 오빠 생각이 났을지도 모른다. 그 기차를 따라 엄마 마음은 하루에도 몇 번씩 서울로 갔을 것이다. 얼굴은 자주 볼 수 없지만, 가끔 목소리라도 들었으면 쓸쓸함이 덜했으련만 그때는 집 전화도 없었다. 오빠에게 보낼 장아찌를 담던 엄마의 쓸쓸한 뒷모습이 지금도 내 기억 속에 남아 있다.

엄마는 남에게 속내를 잘 드러내지 않았다. 모든 것을 안으로만 삭이셨다. 아들에 대한 진한 그리움이 가슴에 돌이 되어 쌓인 걸까, 오빠가 고등학교 졸업반이던 여름, 엄마가 갑자기 쓰러졌다. 보름을 혼수상태로 지내다가 기적처럼 깨어났지만, 몸 한쪽을 쓰지 못했다. 그러나 그 성치 않은 몸으로 아침마다 교복을 다려 주려고 애쓰던 엄마에게 내가 알아서 한다며 짜증을 부렸다. 엄마의 수발은 언제나 아버지가 도맡아 했다. 세수며 머리 빗기, 엄마가 쓰던 요강도 늘 깨끗하게 닦던 아버지. 어쩌다 아버지 대신 그 일을 할 때도 마지못해하던 고약한 딸이었다.

엄마가 곁을 떠난 지 수십 년이 지났건만 지금껏 엄마 마음을 헤아리지 못했는데 빈집에 혼자 앉아 아들 생각을 하다가 불쑥 엄마가 떠올랐다. 한 번도 꺼내보지 않았던 젊은 날의 엄마 모습이 떠오르고, 오빠를 보내던 그때 엄마 마음이 이랬을까 하는 생각마저 말이다. 밑바닥에 가라앉아 있던 기억을 돌아보며 그때의 엄마 마음을 조금은 알 것 같다. 자식에게 듣는 알아서 한다는 말의 서운함을, 오빠를 향한 엄마의 절절했을 그리움을, 그때는 미처 몰랐던 것들을.

5.

우편함 너머

그날, 평소와 다름없이 문을 나서려다 우편함 앞에서 걸음을 멈췄다. 우편함에 꽂힌 두툼한 봉투 하나가 눈에 들어왔다. 봉투를 열어보니 원고지 묶음과 편지 한 장이 나왔다. 문득 휴대전화를 보니 낯선 번호가 찍혔다. 발신 버튼을 눌렀다. 벨이 몇 번을 울린 뒤에야 쉰 목소리의 남자가 받았다. 전화하셨느냐고 하자 우편함에 봉투를 넣어뒀으니 읽어봐 달라며 서둘러 전화를 끊었다. 제 앞가림도 못하는 풋내기에게 이게 무슨 일인가 싶어 적잖이 당황했다. 봉투 안에는 원고지에 또박또박 쓴 14장짜리 글이 3편이나 들어있었다.

편지부터 먼저 읽었다. 우연히 내 글을 읽었는데, 내 마음이 너그러워 보여 자기의 부탁을 내치지는 않을 것 같았다는 것이다. 그래서 혼자서 힘들여 쓴 자신의 원고를 읽어보고 띄어쓰기라도 제대로 했는지 봐달라는 것이었다. 그 아래로 자신이 살아온 이야기며 현재의 이야기를 적어 놓았는데 글 내용으로 보아 나이가 드신 분 같았다. 나는 그 글은 조용히 읽었다. 무심한 듯 흐르지만 가볍지 않은 이야기였다. 삶에 닿는 슬픔과 버티어 낸 시간들, 그리고 그 너머를 바라보는 눈빛, 겸손하게 펼쳐놓은 그 세계 속에, 작지만 분명한 꿈 하나가 숨 쉬고 있었다.

원고지를 일일이 넘기며 보려니 익숙하지가 않아서 세 편을 끙끙거리며 컴퓨터에 입력했다. 띄어쓰기와 오탈자를 손보고 나니 기운이 쭉 빠졌다. 통화를 하려고 했더니 무슨 일인지 문자로만 연락할 수 있단다. 그러면서 수요일 오전에 원고를 가지러 가겠으니 우편함에 넣어달라고 했다.

잠시 미뤄두고 밀린 일을 하며 잊고 있다가, 며칠 후 외출을 하려는데 원고가 눈에 띄었다. 컴맹이라는 말이 생각나 입력해 둔 원고를 출력했다. 자신의 글이 활자화된 걸 보면 기분이 좋지 않을까 싶어서였다. 책도 한 권 넣었다.

글을 읽은 소감에 대해 어떤 말을 해야 할까, 어떻게 하면 내 마음을 전할 수 있을까 생각하다가 내가 할 수 있는 최선의 말을 모아 짧은 격려의 글을 썼다. 진심을 담아 봉투에 넣고, 처음 그 자리 우편함 속에 넣어두었다.

그날 저녁, 우편함에 '원고 인쇄와 책까지 줘서 고맙습니다. 일단 시작을 했으니 열심히 노력해 보겠습니다.'는 편지가 있었다.

　며칠 후, 현관 앞에 '고맙습니다' 라는 글과 함께 용과 한 박스가 놓여 있었다.

　어쩌면 우리 삶은 이렇게 조용히 스치듯 서로에게 작은 불빛이 되어 주는 일이 아닐까? 엇갈린 하루 속에서도 그 마음 하나만은 서로를 비출 수 있으니. 부디, 그 마음 속에 간직한 꿈을 잃지 않기를, 작고 여린 씨앗처럼 보일지라도 언젠가는 반드시 꽃 필 거라 믿는다. 그 글 속에 담긴 용기와 고요한 울림이 언젠가는 누군가의 삶을 또 다른 방식으로 밝혀 줄 테니까.

6.

사라져 가는 들판

　창밖으로 논이 보인다. 도심 한가운데서 논을 볼 수 있다는 것은 고향을 보는 것처럼 흐뭇하다. 때를 알고 익어서 묵묵히 고개 숙인 것들, 금빛 들녘이 눈길을 잡는다. 하지만, 저 광경도 이젠 볼 수가 없게 된다. 논 가까이에는 벼를 베고 나면 논을 메울 흙더미가 가득 쌓여 있다.

　나는 들판이 좋다. 누구는 산이 좋다지만 나는 탁 트인 들판이 좋다. 어릴 적, 특별한 놀이가 없어도 들판에서 해 질 녘까지 재미있게 놀던 기억이 있다. 내가 다니던 초등학교는 주변이 온통 논이었다. 봄이면 소를 몰아 논을 갈고, 모내기를 하던 모습을 볼 수 있었다. 한여름 밤은 논에서 우는 개구리 소리를 들으며 잠이 들곤 했다. 고추잠자리 나는 가을이면 들녘에서 메뚜기도 잡았다. 메뚜기볶음은 도시락 반찬으로 사랑을 받았다. 추수 끝난 논에서 벼 이삭 줍는 일도 학교에서 내어준 숙제였다. 겨울이 되면 꽁꽁 언 논바닥에서 벼 그루터기를 피해가며 썰매 지치던 일……. 사계절 내내 들판은 우리들의 놀이터였고, 집은 밥 먹고 잠자는 곳일 뿐이었다.

어느 해부턴가 그 논이 있던 자리에 고등학교가 들어서고 집들이 하나 둘 늘어 갔다. 교문 앞에 있던 꽃동산도 사라지고, 길도 시멘트로 포장이 되기 시작했다. 세상은 빠르게 변해갔고 그 변하는 속도만큼 옛 모습이 사라졌다. 안타깝게도 풋풋한 자연의 냄새를 더는 맡을 수 없었다.

얼마 전 집을 팔려고 부동산업자와 동행한 일이 있었다. 시내를 벗어나니 아직 간간이 논이 보였다. 동행한 중개인이 저 땅은 금싸라기 땅이란다. 금싸라기의 의미는 뭔가. 국어사전에는 아주 드물고 귀중한 것을 비유적으로 이르는 말이라고 적혀 있다. 하지만, 그들에게 금싸라기란 아주 비싼 땅을 말하는 것이리라. 땅이 땅으로 보이지 않고 돈으로만 보이나 보다. 땅과 농사를 투기와 화폐증식수단으로만 보는 어리석음. 논밭은 한번 다른 용도로 바꾸면 다시 되돌리기가 쉽지 않다.

불과 몇 년 사이, 개발이라는 이름 아래 각종 농지가 택지,

공장부지 등으로 바뀌었다. 용도가 변경된 농지 위에 화려한 유흥음식점과 숙박업소가 들어찼다. 투기 바람에 휩쓸려 경작할 수 없는 농지도 부지기수다. 어쩌면 우리 대부분은 잠재적으로 투기꾼일지도 모른다. 세월의 흐름과 환경의 변화 탓으로 눈감아 버리기엔 문제가 심각하다. 농지가 없어지면 먹을거리가 없어진다. 밥만 사라지는 것이 아니라 생태계의 평형이 깨져 환경도 변한다. 값싼 수입쌀을 대량 수입하면 쌀 가격은 크게 하락할 것이고 농민들은 벼농사를 꺼리게 될 것이다. 농민들이 벼농사를 완전히 포기하는 사태가 온다면 논은 사라지게 된다. 논이 사라진다는 것은 농업의 위기다. 땅이 죽으면 만사가 끝이다. 국가 경제가 뿌리째 흔들릴 수 있다. 그에 비하면 지금의 금융위기는 아무것도 아닐 수 있다. 농사가 모든 것의 근본이라는 말을 되새겨야 할 때다.

쌀은 공장에서 나온다고 믿는 많은 아이가, 벼는 익을수록 고개를 숙인다는 속담을 어찌 이해할 수 있을까. 잠시 일손을 쉬며 논두렁에 둘러앉아 먹는 새참의 맛과 개구리 울음소리의 정겨움도 이해하지 못하리라. 나는 이제 가까이서 바라볼 수 있는 들판 하나를 잃어버렸다.

7.

추억을 꺼내 들고

컴퓨터가 고장이 났다. 저장되어 있던 자료들이 죄다 사라졌다. 다시 복구할 수도 없단다. 지워진 자료 중에 사진이 제일 아까웠다. 이럴 줄 알았으면 진즉 인화해 둘 걸, 후회해도 너무 늦었다.

처음으로 가보았던 남해에서의 추억이며, 딸과 함께했던 일본 여행 사진도 다 지워져 마음이 쓰리다. 그 마음을 달래려 묵은 사진첩을 꺼내본다. 갈피마다 지난 시절의 추억과 향수가 묻어난다. 행복했던 순간들, 즐거웠던 한때가 그 속에 머물러 있다. 잃어버린 사진 때문에 상했던 마음이 조금 진정이 된다.

추억에 잠겨 사진첩을 넘기는데 갈피에서 빛바랜 흑백사진 한 장이 떨어진다. 유년과 학창 시절을 통틀어 한 장뿐인 내 사진이다. 물가에 앉아 먼 곳을 바라보고 있는 내 곁에 한 친구가 앉아 있다. 곱슬머리에 큰 눈과 미소가 예쁘다. 그녀는 주인공이고 나는 우연히 찍힌 것처럼 보인다. 졸업 후 그녀의 안부가 궁금해서 수소문해 보았지만 아는 친구가 없었다. 어떻게 변했는지, 어디에 사는지 한 번쯤 만나보고 싶었다.

그녀와 나는 같은 중학교에 다녔다. 예쁜 얼굴에 공부도 잘하고 활달한 그녀 주위엔 늘 많은 친구가 있었다. 또래보다 키가 컸던 우리는 뒷자리에서 짝이 되거나 앞뒤로 앉을 때가 있었을 뿐, 특별한 시간을 함께한 기억은 없었다.

졸업을 앞둔 그해 여름, 어머니의 갑작스러운 병환으로 나는 무척 힘든 시기를 보내고 있었다. 상급학교 진학은 꿈꿀 수도 없었다. 그나마 중학교조차 무사히 졸업할 수 있을지도 의문이었다.

그런 와중에 가을 소풍날이 되었다. 마음 같아선 가기 싫었으나 결석 처리를 한다기에 빈손으로 소풍을 갔다. 점심때가 되었지만, 도시락이 없던 나는 친구들과 멀리 떨어져 앉아 흐르는 냇물만 바라보고 있었다. 얼마나 시간이 흘렀을까? 그녀가 다가와 사과 한 알을 손에 쥐여 주며 사진을 찍은 것이다. 왜 그 친구는 홀로 있는 나를 찾아와 함께 사진을 찍었을까? 그 이유가 궁금해 언젠가 만나면 물어보고 싶었다. 그 사진이 내게 온 과정은 기억할 수 없지만, 그것 때문에 그녀는 오랫동안 내 그리움의 대상이 되었다.

오랜만에 서점에 들러 책 구경을 했다. 작은 서점이라 조용하여 이것저것 뒤적거려 보기가 좋다. 서가 한쪽에 전에 보이지 않던 문예지 코너가 눈에 들어왔다. 소설이 대부분이었다. 수필만 모아 놓은 책은 딱 한 권이 꽂혀 있었다. 혹시나 아는 이름이라도 있을까 하여 목차를 훑어보았다. 거기에 한 번쯤 만나보고 싶던 친구 이름과 같은 이름이 있었다. 책장을 급히 넘겨 찾아봤지만, 약력만으로는 그녀라는 확신이 없었다. 함께 실린 사진도 최근 사진이라 알아보기 어려웠다.

작품 속에 단서라도 있을까 하여 글을 읽다가, 다시 사진을 들여다보았더니 눈매가 닮은 것도 같다가 어찌 보니 딴 사람 같기도 하다. 연락처는 있었지만, 섣불리 전화할 용기가 나질 않았다. 그녀가 아닐 수도 있고, 설사 맞다 하여도 날 기억하지 못한다면 내 마음이 쓸쓸할 것 같아서였다.

며칠을 망설이다 확인이라도 해보자는 마음으로 문자를 보냈다. 금방 답장이 오지 않기에 아닌가 보다 하고 마음을 접었다. 그런데 얼마의 시간이 흐른 뒤 답장이 왔다. 그녀도 나를 기억하고 있었다. 반, 번호까지 정확히 말이다. 오랜만에 들어보는 그 목소리가 마음을 흔들었다. 정이 담뿍 담긴 그 목소리! 만나지 못했던 시간이 순식간에 메워지는 듯했다. 마음 같아선 금방이라도 달려가고 싶었지만, 일상에 묶여 아직 만나지를 못했다.

요즘도 전화기만 들면 옛이야기로 시간 가는 줄 모른다. 얼마 후 그애는 우리의 만남을 소재로 글을 썼다며 책을 보내왔다. 통화 중에 오래도록 궁금했던 일을 물어보았다. 그녀의 말인즉, "뭔지 모르게 그때 네가 참 힘들어 보였어. 그래서 곁에 있어주고 싶었거든… 그래야 할 것 같았어."

말없이 곁에 앉아 있어 주는 친구가 있다는 것만으로도 얼마나 큰 힘이 되는지 그는 이미 알았던 것일까? 그녀의 따뜻한 마음 씀이 새삼 고맙게 느껴졌다. 우정도 세월이 지나면 사진처럼 바래지는 줄 알았는데, 시간이 흐를수록 친구가 더 가까이 느껴지는 건 그리움과 사랑의 마음이 어우러진 것이리라.

사진 속 우리의 모습이 풋풋해 보인다. 인생의 한 지점에서 푸르게 빛나던 그 시절은 사라졌다. 언젠가 얼굴 마주하는 날엔 서로 못다 한 기억을 나누며, 살아온 이야기를 듣고 싶다. 영원히 사라지지 않을 추억 하나 더 쌓고 싶다.

떡갈나무의 시간

8

감자에 대한 기억

이웃에 사는 분이 감자 한 상자를 주셨다. 올여름 날이 가물어 물을 대며 키운 거라니 더 고맙고 귀한 선물이다. 감자를 보니 이제 곧 여름방학이겠구나 싶었다.

초등학교 시절 여름방학을 하면 곧장 외가로 달려갔다. 감자를 캘 날이 그때쯤이었다. 감자밭은 외가에서 철길 하나를 건너야 하는 곳에 있었다. 근처에는 물이 흐르는 개울이 있었는데 그것 때문인지 강변이라 불렀다. 방학이라 서울에서 내려온 외삼촌이 달구지를 끌면 동생과 함께 뒤에 앉아 느릿느릿 걷는 소걸음에 맞춰 다리를 흔들기도 하고 누워서 하늘을 보면 뭉게구름도 함께 따라오던, 내가 하늘과 구름을 좋아하기 시작한 것이 그때부터가 아니었을까 싶다. 평화롭고 행복한 기억이다.

밭에 도착하면 할머니와 이모가 캐놓은 감자가 군데군데 쌓여 있었다. 그걸 삼태기에 담아 한곳에 모았다. 뙤약볕 아래 감자를 나르다 보면 땀도 나고 쉬고 싶어진다. 그때쯤 할머니는 개울에 담가둔 수박이나 참외를 잘라 주셨다. 수확한 감자는 선별하여 광에 있는 싸리로 엮은 커다란 통에 보관하고 자잘한 감자는 한동안 우리의 여름 양식이 되었다.

다치고 못난 것들은 독에 들어가 가을까지 몸을 썩혔다. 외가 건너편 산 밑에 우물이 하나 있었는데 집집이 내놓은 상한 감자 담은 독들이 줄을 섰다. 수시로 물을 갈아 줘가며 썩혀야 했기에 그랬던 것 같다. 외가에 갈 때마다 맡아야 하는 그 냄새가 싫었다. 썩은 감자는 껍질을 벗고 물속에서 수십 번 몸을 닦은 뒤에야 고운 가루가 되는데 그 가루로 개떡을 찌면 냄새도 나고 쌉쌀한 맛이 났다. 요즘 시중에 나오는 그런 하얀 가루가 아니라 도토리 색처럼 검었다. 그 가루로 만든 감자떡은 겨우내 간식이었다.

식구가 많아 식비가 만만치 않았다. 그래서 여름 한 끼 식사는 감자로 대신했다. 저녁때가 되면 집마다 감자 긁는 것이 일과였다. 지금처럼 편리한 감자 칼이 없어서 닳은 숟가락 한쪽을 비스듬히 날 서게 갈아 그걸로 감자를 긁어 껍질을 벗겼다. 그러면 감자 물이 튀어 얼굴이며 팔에 하얀 꽃이 피었다. 감자가 작아 긁어야할 양도 많았기에 하기 싫은 일 중 하나였다. 그래도 함께 둘러앉아 뜨거운 감자 호호 불며 먹던 그 시절이 그립다. 그 생각이 나서 감자를 서너 개 삶았다. 그때 먹던 감자보다 크고 분이 팍팍 나는 토실한 감자인 데도 혼자 먹으니 맛이 덜하다.

생각해 보면 감자는 그때 없어서는 안 될 우리의 양식이었다. 일 년 내 감자를 먹고 산 것 같으니 말이다. 봄이면 씨눈을 도려낸 감자를 가져와 반찬을 해 먹었는데 온전한 감자의 형태가 아니라 눈을 잘라낸 모습이 가지각색이었다. 고추장 풀고 끓인 감자찌개는 어린 입맛에 맵기만 했었다. 가장 기초적인 양념만 했으니 요즘의 찌개처럼 깊은 맛은 없었던 것 같다. 그런데 기름기가 돌고 감칠맛 나는 찌개보다 맛없게 느껴지던 그 감자찌개 냄새가 요즘 그리워진다. 맛이 아니라 냄새가 말이다. 기본적인 양념도 제대로 갖추지 못하고 만들어 먹던 그때 음식들이 자꾸 생각난다. 맛은 기억나지 않는데 냄새는 기억에 남아, 길 가다가 그 비슷한 냄새를 맡으면 엄마를 만난 듯 반갑다.

감자를 앞에 두고 옛 생각에 빠져 있다가, 한 박스나 되는 감자를 혼자 먹기엔 많은 것 같아 3분의 1쯤 덜어 위층 할머니께 드렸다. 혹시라도 할머니의 감자찌개에서 엄마의 찌개 냄새가 날지도 모르겠다.

9.

여운 있는 만남

가까이 사는 A 선생님으로부터 놀러 오라는 전갈이 왔다. 가벼운 발걸음으로 들어서니 맛있는 냄새가 먼저 반겼다. 미리 와 있던 이들과 인사를 나누며 보니, 한쪽에선 떡을 만드느라 분주했다. 말린 감 껍질과 호박고지를 섞은 쌀가루와 팥고물을 떡시루에 켜켜로 넣고 불에 올려놓았다. 떡이 익는 동안에도 부지런한 주인의 손은 청국장을 끓이고, 잘 익은 동치미며 갖가지 반찬으로 한 상 가득 차려 내었다.

그분은 자주 우리를 불러 특식을 해 주시고 헤어질 때도 빈손으로 보내지 않는다. 사람 수대로 미리 봉지에 담아 싸 두었다가 손에 쥐여 준다.

글을 매개로 모인 우리 모임은 서른 후반에서 팔순이 넘은 분까지 섞어 있다. A 신생님 역시 회원 중 한 분이시다. 또, 칠순 가까이 되신 B 선생님은 어느 사람을 만나도 늘 허리를 깊게 숙여 인사를 한다. 그 집 베란다는 마치 꽃 대궐 같다. 꽃이 예쁘다고 감탄이라도 하면 헤어질 때 그 화분을 통째로 안겨 주신다. 나눔에 망설임이 없다. 남보다 더 사랑을 품고 세상에 온 사람처럼 소외된 이들에게도 말없이 베풂을 실천하고 있다. 사랑한다는 말보다 사랑하며 살아가는 것이 더 행복하다는 것을 행동으로 보여주는 분이다.

글쓰기라는 공동 관심사로 모인 사람들, 그 인연이 기쁘고 소중하다. 또래나 오랜 친구 모임도 좋지만 모임의 구성원이 동년배일 필요는 없다. 세대를 넘나드는 이들과의 만남은 생의 활력이 된다. 그러나 가끔은 글쓰기의 어려움에서 벗어나고 싶을 때도 있다. 처음이나 지금이나 별 진전이 보이지 않고 매번 같은 고민과 어려움을 겪기 때문이다. 그러나 글보다 행동으로 보여주는 문우들이 있고 힘들여 쓴 글이 모여 책으로 발간되면 힘들었던 시간이 기쁨으로 찾아온다. 서로의 삶이 섞여 있는 그 책을 읽으면 행복하다.

생일을 맞은 이들에게 한 줄씩 적은 문우들의 축하 편지는 오래도록 기쁨으로 남아 있을 것이다. 그렇게 살아온 날이 어느덧 햇수로 열 번째를 맞았다.

풀어놓으면 한 보따리가 되는 우리들의 이야기. 인연의 소중함을 안고 앞으로도 그렇게 오래도록 기억하고 싶다. 함께이기에 행복하고 생각하면 마음속으로 따뜻한 강물이 흐른다. 서로의 눈빛에서 마음을 읽을 수 읽고 걸어가는 뒷모습 구부정한 어깨너머로 함께한 시간이 추억이 된다. 함께한 열정, 사랑 그리고 스치는 순간까지도 소중히 여기는 마음은 서로에게 따스한 선물이 되어 환한 햇살처럼 마음을 비춰준다.

그분들의 살아가는 모습을 보는 것만큼 큰 공부는 없다. 나이를 떠나서 배울 점이 많다. 미리 살아볼 수 없는 앞으로의 나의 모습은 바로 내 앞을 걸어가고 있는 인생 선배의 모습이길 바란다. 살아 있는 삶의 지도가 내 앞에 있는데 어찌 길을 잃고 헤맬 수 있으며 다른 길을 찾을까! 어떤 재물보다 마음을 채워 주는 그 인연이 귀하다.

우리의 만남은 늘 여운이 남는다. 바라보는 눈 속에 사랑도 함께 머문다. 그래서 한 번쯤 뒤돌아보게 되는가보다.

10

가을을 마시다

바람이 살랑거리며 마음을 흔든다. 나 이제 간다고 손 흔드는 가을을 배웅하러 봄에 들렀던 맹씨행단을 찾았다. 입구에 다다르니 짙은 빨강을 흠뻑 머금은 단풍나무가 불타듯 팽팽하게 햇살을 담고 서 있었다. 이른 봄 연둣빛으로 눈뜨던 잎이 어느 날부터 이렇게 붉어 있었을까. 봄여름의 꽃보다 더 눈부신 단풍잎을 보면서, 저 몸 어디에 저렇게 아름다운 빛깔을 숨기고 있었을까, 내 안에는 어떤 색깔과 어떤 모습이 담겨 있을까 궁금해지기도 하다.

정목일선생의 수필에 소개된 '가을 금관'이 생각난다. 금관을 연상했던 은행나무는 순금 빛 잎사귀들을 나비처럼 날려 보내고 파란 하늘을 배경으로 빈 가지들만 하늘 높이 뻗치고 서 있었다. 가을엔 왜 하늘이 더 푸른지, 은행잎은 황금빛으로 물드는지 알 것 같다. 순금 빛 은행은 파란 하늘로 말미암아 더 눈부시고 그 은행빛깔은 가을 하늘을 더 푸르고 깊게 한다. 혼자보다는 서로 어울릴 때 더 아름답다는 걸 말해주는 것 같다.

여름이면 그늘로 쉼을 주고 가을이 깊어지면 나무는 한 폭의 그림이 된다. 살아 있는 풍경화, 흔들리는 수채화다. 제각각 울긋불긋 아름다운 옷으로 치장한 나무들의 모습이 편안해 보인다. 나뭇잎의 빛깔처럼 마음도 이리저리 옷을 갈아입는 듯, 계절의 흐름처럼 우리 삶도 시시때때로 변화되어 가겠지 싶다. 바람을 타고 떨어지는 나뭇잎이 새가 땅에 내려앉는 모습과 같다. 싹 틔우고 꽃피운 기나긴 시간이 딱 한 번의 날개를 갖기 위한 시간이었던 모양이다. 사뿐히 내려앉은 나뭇잎은 벌레가 먹었어도 잎이 조금 갈라졌어도 있는 그대로 아름답다. 열심히 일 년을 보낸 흔적이니 이보다 더 귀한 선물이 어디 있을까. 아름다운 추억을 위해 책갈피에 소중히 재워둔다.

가을, 모든 것이 본래의 자리로 돌아가는 계절인. 나머지 잎들도 머지않아 흔적 없이 사라질 것이다. 가지에 연연해하지 않고 어디서든 맺어진 자리에서 소임을 다하는 잎처럼 나의 마무리도 저러했으면 싶다. 버리고 떠나기, 혹은 떠나지 않아도 버리기…. 마치 영원한 고리처럼 순환되는 자연의 섭리일 것이니 나 또한 그들처럼 머물다 가는 것이겠지. 발아래 바삭거리는 계절의 잔해들, 가랑잎을 스치는 바람 속에서 온몸으로 가을을 마신다.

11.

거제의 어울림

수비문학 하계세미나가 거제도에서 열렸다. 먼 길이지만, 함께하는 이들이 있었기에 오가는 길이 지루하지 않았다. 행사장인 거제 대학교는 언덕에 있었는데, 바다가 한눈에 보였다. 숙소인 기숙사에 짐을 풀고 창을 여니 눈앞에 바다가 있다. 마치 한 장의 그림엽서 같다. 오랜만에 만나는 분들과 반가운 인사를 나누고 예정되었던 행사를 마쳤다.

저녁을 먹고 운동장에서 흥겨운 풍물패와 함께 놀이판이 벌어졌다. 밤이 깊어갈수록 흥은 더해져 각 지부의 장기 자랑 때는 절정에 달했다. 드디어 미리 쌓아놓은 장작에 불이 붙여지고 타오르는 불꽃을 중심으로 풍물패의 흥겨운 연주에 한바탕의 춤판이 벌어졌다. 이 세상 만물이 바로 이 시간을 위해 존재하는 것 같은 그런 순간, 굳이 말하지 않아도 자신의 마음이 전달되고 상대방의 마음을 읽을 수 있을 것 같은 그런 시간. 모두의 마음이 둥글게 어우러졌다.

　이튿날 아침, 방에서 일출을 보았다. 그곳은 어디를 가던 바다가 따라다닌다. 모든 것을 다 받아주어서 바다라고 한다든가? 시작과 끝을 헤아릴 수 없는 넉넉한 품으로 상처받고 아픈 마음을 달래주는 바다. 바라보는 것만으로 마음속까지 시원해졌다. 신선이 살았다는 신선대며, 바람의 언덕과 포로수용소까지 둘러보았지만, 내 마음에 오래 남은 것은 학동 몽돌해수욕장이다.

　다른 해수욕장과 달리 해변엔 모래는 없고 작은 돌이 가득했다. 어디를 둘러봐도 모난 돌이 없다. 작고 반질반질한 돌이 파도에 밀려오고 가는 모습을 보며 저 작은 몽돌이 거쳐온 세월을 생각해본다. 처음에는 풍화작용에 의해 바위에서 떨어져 나온 거친 돌멩이가 구르고 부딪히다가 파도에 쓸리며 몸이 깎이는 아픔에 비명도 질렀으리. 부서지고 깨지는 아픔을 묵묵히 인내하며 자신을 갈고닦아 저리 둥글어졌나 보다. 서로 다른 사람과 사람이 만나 서로 맞춰 가다 보면 아름다운 인연을 만들어 내듯이 뾰족하고 모난 돌멩이도 파도에 쓸리고 서로 부딪혀 매끈한 몽돌이 되었을 것이다. 아프고 힘들지만, 그 순간의 과정을 참고 견딘 몽돌은 세월과 파도가 붙여준 이름이리라.

햇볕에 뜨겁게 달궈진 몽돌은 파도에 몸을 맡긴다. 곁에
있던 이가 예쁘다며 주워 손에 쥐여 주던 몽돌, 물기를 머금
어 더욱 빛났다. 옛 어른이 둥글둥글 살라던 그 말을 여기서
제대로 깨닫는다.

더불어 사는 삶이 쉽지는 않다. 내가 수없이 부서져야 하
는 아픔을 겪지 않고는 힘든 일이다. 얼마나 많은 세월을 보
내야 모난 마음이 둥글어질까. 오랜 고통을 견딘 자만이 둥
글고 단단한 희망 하나를 품을 수 있듯이, 나도 이웃과 등 붙
이고 노래하며 둥글게 살고 싶다.

아무렇게나 뒹굴어도 아프지 않은 것들이 함께 모여 만들
어 가는 세상, 나도 그 옆에 하나의 몽돌로 눕는다.

2부
비어 있는 세월

1.

아버지와 비

쉬지 않고 종일 비가 내린다. 어떤 이는 이런 날이면 마음이 차분해져서 비가 좋다고 하고, 어떤 이는 농사일을 잠시 쉴 수 있어서 좋다고 한다. 그러나 나는 비 오는 날이 별반 좋다는 생각이 들지 않는다. 아마도 어린 시절의 쓰린 기억 때문일지도 모른다.

장마철이 오면 내가 살았던 동네는 축대 벽이 허물어지고 길이 쓸려나가곤 했다. 밤이면 쏟아지는 빗소리에 불안해서 잠 못 들던 기억도 난다. 비가 잠시라도 가늘어지기라도 할 양이면 아버지는 달려 나가 팬 길과 넘치는 도랑까지, 혼자서 다 복구했었다. 지나다니는 사람들은 말로만 공치사를 늘어놓을 뿐 누구 하나 선뜻 거드는 이가 없었다. 그런 아버지를 보면 속이 상했다. 동네 사람들은 다 가만히 있는데 왜 혼자서 일을 하느냐고 투정을 부리면, 너희가 다니는 길인데 어떻게 그냥 두느냐고 하셨다. 아버지께서 혼자 한 일이지 만 비가 오기 전보다 훨씬 튼튼한 길이 만들어졌다.

유년의 하루는 잠결에 들리는 마당 쓰는 소리로 시작되었 다. 아버지는 늘 손에 빗자루를 들고 사셨다. 마당 가에 댑 싸리를 키워서 가을이면 그걸로 한 해 동안 쓸 빗자루를 만 드셨다. 나중에 내가 결혼할 때 사돈끼리 만나서도 빗자루 이야기를 하셨는지, 어느 해 가을 시아버지께서 싸리비를 여 러 개 만들어 주셨다. 그걸 받으신 아버지가 무척 기뻐하시 던 모습도 떠오른다.

눈 내리는 겨울에는 우리가 다 귀가할 때까지 밤늦도록 길 을 쓸고 계셨다. 흐릿한 외등 아래 홀로 눈을 쓸고 계시던 그 모습을 잊을 수가 없다. 눈 온 다음 날에는 새벽부터 연탄재 를 부수어 길 위에 깔아 비탈길을 평지보다 더 미끄럽지 않 은 길로 만들어 놓았었다.

아파트로 이사한 뒤부터 아버지는 빗자루를 놓으셨다. 베 란다에 키우시던 화초도 점점 생화가 아닌 조화로 바뀌었 다. 노환으로 병원에 있는 시간이 늘어갔다. 기력이 회복되 면 집에 가야지 하셨지만, 그 소원을 이루지 못하고 겨울이 물러가고 봄이 올 때쯤 세상을 떠나셨다.

아버지의 장례식 날에는 비가 내렸다. 산마루에 있는 묏자리까지 올라갈 길을 만드느라 급하게 파헤쳐 놓은 흙과 비가 섞여 길은 온통 진창이었다. 상복에도 진흙덩이가 달라붙고 신발도 흙투성이가 되었다.

아버지가 떠나신 지 한해가 지났다. 아직 제대로 자리 잡지 못한 산소를 손질하러 날을 받아 형제들이 모였다. 날은 조금 흐렸지만, 다행히 비는 오지 않았다. 오후에는 햇빛도 비추었다. 산소 정리를 끝낸 다음 제물을 차려 놓고 제사를 지냈다.

제사가 거의 끝날 때쯤이었다. 산물을 올리는데 해가 난 하늘에서 소나기처럼 굵은 빗방울이 후두두 떨어졌다. 그렇다고 제사를 중단할 수 없기에 물을 올리고 절을 하고 나니, 거짓말처럼 비가 멎었다.

돌아가신 본향에서도 아버지는 빗자루를 들고 계실까? 어쩌면 당신 산소 올라가는 길이 가파르다고 틈틈이 다듬고 계실 것도 같은데…….

2

세 번째 스무 살에

『천안수필』 동인지가 올해로 20년을 맞았다. 성인이 된 특집으로 '20'에 관한 주제가 주어졌다. 20과 스물에 대한 생각에 골몰하다 아들에게 조언을 구했다.

"20세기를 정리하는 차원에서 엄마의 20대를 이야기하던지, 아니면 반대로 20년 후를 상상해 보는 건 어떨까?" 했다.

무릎을 쳤다. 그래, 그거야. 나의 스무 살 적 청춘의 때를 떠올려 보았다. 그때는 어서 스물이 되기를 바랬었다. 뭘 하겠다는 게 아니라 어른으로 대접받고 싶어서였는지, 청춘의 시기는 그저 흘러버려야 할 과도기쯤 생각했던 것 같다. 어서 빨리 지나쳐 가기를 고대했다.

기다리는 시간이 무척 길게 느껴졌다. 드디어 스물이 되었을 때 처음엔 기쁨과 설렘도 있었다. 하지만 그런 생각도 잠시, 어려운 집안 형편에 꿈같은 건 접고 일하며 쫓기듯 살았다. 20대 반을 지났을 때 나는 결혼을 했고, 서른을 바라보며 엄마가 되었다.

여전히 세월의 흐름에 무심했다. 자라는 아이들과 늙어가는 부모님을 돌보며 정신없이 살다 보니, 멀게만 느껴졌던 2000년이 눈앞에 다가섰다. 멀고 먼 미래의 시간이라 생각했던 21세기가 내 생애 다가선 것이다.

두 번째 스무 살, 어느덧 불혹이 되었다. 조금씩 나를 돌아볼 여유가 생겼다. 동생들의 권유로 늦은 공부를 시작했으나 꾸준하지 못하여 겨우 졸업만 했다. 그리곤 가정 경제에 도움이 될 만한 기술이나 자격증 등 평생 직업이 될 만한 것과는 동떨어진 취미만 찾으며 아까운 시간을 보냈다. 풍요로운 미래를 위한 이런저런 조언도 있었지만, 그때는 그 말을 흘려들었다. 늦게나마 정신을 차려 가정 경제에 도움이 될 만한 공부를 하려니 이젠 나이가 걸림돌이 되었다. 쓰다 보니 속 빈 강정 같은 생각으로 실속 없이 살아온 것을 고백하는 반성문이 되어 버렸다.

세 번째 스물을 맞은 기념으로 종합 검진을 했다. 오늘 도착한 검진 결과서를 한 장씩 넘기며 기록표를 보는데 결과가

썩 좋지 않아 마음이 심란했다. 생각했던 것보다 더 나쁘진 않았지만, 이제부터 꾸준히 약도 먹고 운동도 해야 하며 또 정기적으로 검사도 받아야 한다. 점점 삐걱거리는 몸을 새 것으로 바꿀 수 없으니 달래가며 사는 수밖에 없다. 그동안 별 탈 없이 살았으니 그것만도 감사한 일이다.

　계절로 치면 가을로 접어든 나이. 철없던 봄과 쉼 없던 여름을 지나 이제 서서히 갈무리할 시기이다. 파도에 깎이는 바위처럼, 세월 따라 나도 그리될 것을 안다. 늙음을 담담히 받아들이고 무심히 흘려보낸 시간과 사소한 순간도 소중한 인연과 기쁨 나누며 그렇게 살아야겠다.

　쓸쓸함과 풍요로움이 공존하는 가을, 더 늦기 전에 고마운 이들과 함께 나눈 이야기와 미화되거나 과장되지 않은 내 삶의 이야기로 한 권의 책을 채워보려 한다.

3.

한 줌 거름이 되기를

　추석이 가까워지니 벌초 문제로 어수선하다. 묘소의 상태가 좋지 않으면 마치 조상에 대한 불효 같아, 조상을 기리는 마음으로 정성스럽게 벌초를 한다.

　봄과 여름 동안 웃자란 잡풀을 베어 조상의 묘를 단정하고 깨끗이 관리하는 후손들의 정성이리라. 산소의 풀을 정리하는 일을 벌초라고 한다면 비바람 등에 의해 허물어진 무덤에 떼를 입히어 잘 다듬는 일을 사초라 한다.

　얼마 전 한식 때 친정어머니 산소를 보수했다. 묘는 아무 때나 손대는 것이 아니기에, 날 잡는 법을 아시는 분께 부탁해 받은 날이 평일이었다. 쉬는 날이 아니라 육 남매가 모두 모이기는 힘들겠지만, 가능하면 한 집에 한 명이라도 참석하

길 바란다는 오빠의 전갈을 받았다.

　이른 아침부터 시작된 일은 어둑할 무렵에야 얼추 공사를 마칠 수 있었다. 산소 위에 흙을 쌓아 봉분을 높이고 잔디를 새로 입혔다. 봉분이 능만큼 커 보였다. 묘소 앞의 고르지 않던 바닥을 평평하게 만들어 넓어진 곳에 상석을 들여놓아 제물 차리기가 훨씬 수월해졌다. 단장을 끝내고 다들 절을 올리며 뿌듯해 했지만, 나는 높아진 봉분을 보며 답답함을 느꼈다. 집터는 그대로인데 지붕만 크고 무겁게 올려놨으니 말이다. 엄마의 육신은 이미 흙으로 돌아갔을 것이고 칡뿌리 같은 앙상한 뼈들만 삭은 관 속에 누워 있을 것이다. 영혼이 떠난 육신의 집을 위해 자손들이 해야 할 것들이 많구나 하는 생각을 했다. 지금 우리 세대는 어떤 형태로든 돌보겠지만 먼 훗날엔 누가 돌볼 수 있을는지, 하루 종일 여러 가지 생각으로 머리가 복잡했었다.

　우리는 조상을 섬기고 부모에 대한 효도를 중요하게 여겨왔고 돌아가시면 좋은 터를 골라 장사를 지낸다. 그리고 철마다 제사를 드리고 벌초도 하고 부모님 모시듯 산소를 돌본다. 자손이 많던 예전에는 형제들의 연결고리 역할을 하기도 했지만, 핵가족화 되어가는 요즘의 추세로는 지속적인 산소 관리가 어려울 것 같다. 서로 멀리 떨어져 살다 보니 시간적 경제적으로 적지 않은 부담을 해야 하고 그렇지 못할 경우 형제나 친척한테는 죄인이 되기도 한다.

근래에는 벌초를 대행하는 사업체도 생겼다니 조상에 대한 효의 의미와 행태도 시대에 따라 변해갈 수밖에 없는가 보다. 그래서인지 차츰 매장 대신 화장, 수목장, 납골묘 등이 늘어나고 있다고 한다.

서양에선 미래의 무덤으로 둥근 형태가 아닌 태양열 배터리로 충전되는 네모난 전자무덤도 선을 보였다 한다. 그곳엔 죽은 이가 묻히는 것이 아니라 그가 살아 있을 때 남긴 말과 이미지 등을 저장해 놓는단다. 방문자들은 휴대전화 같은 기기로 무덤에 접속해 고인의 자료를 다운로드 할 수도 있고, 떠난 자를 기억하고 추모의 글도 남길 수 있다고 한다.

내친김에 내 무덤에 대해서까지 생각이 미친다. 번거로운 일로 남은 이들의 수고를 끼치는 매장은 피하고 싶다. 법정 스님의 다비식처럼 화장이 좋겠다. 장기기증을 약속했으니 줄 수 있는 건 필요한 이들에게 나눠 주고 나머진 깨끗이 태워, 작은 숲 언저리에 훨훨 뿌려 주면 좋겠다. 하느님은 사람이 죽은 다음에도 덕을 베풀 수 있도록 해주신다. 꽃 한 송이, 풀 한 포기라도 품을 수 있도록 흙으로 돌아가 뭇 생명의 탄생을 돕는 한 줌 거름이 되기를 소망한다.

4.
사라지는 것들

새벽 2시, 매미가 운다. 건너편 신축 아파트 간판에 불이 환하다. 그 불빛 때문일까? 작년에 완공된 그 아파트 옆으로 크레인이 세워지고 새 아파트 공사가 한창이다. 조만간 완공될 아파트가 늘 바라보던 풍경을 막아버렸다.

처음 천안에 왔을 때 주공5단지 아파트 분양이 시작되고 있었다. 단칸방에 살던 나는 그 아파트 입주민들이 무척 부러웠다. 그러다가 아이가 태어나고 남편 직장을 따라 아산으로 이사했다. 외진 곳이었다. 밤이면 고라니 울음이 들리던 외딴집에서 5년을 살았다. 유년 시절을 그곳에서 보낸 아이들은 가끔씩, 마당에서 맘껏 뛰놀던 그곳이 좋았다며 이야기한다.

직장을 그만둔 남편이 사업을 시작하면서 천안에 사무실을 냈다. 하지만 나는 사람들이 북적대는 큰 도시로 가고 싶었다. 아무 연고도 없는 대전으로 눈길을 돌렸다. 그렇게 그곳에서 아이들과 4년을 살았다. 처음으로 아파트 생활을 했는데 시골 살 때처럼 흙먼지와 벌레는 없어서 좋았지만, 문이 닫히면 감옥에 갇힌 것처럼 답답했다.

다시 천안으로 돌아섰다. 아이들 학교가 가까운 곳을 찾다가 지금 사는 동네에서 자리 잡고 지금껏 살고 있다. 아파트 주변에 상가도 있고 주차장도 넓고 웬만한 것은 다 있어서 차를 타지 않아도 모든 걸 해결할 수 있어서 좋았다.

백화점 안에 대형 서점이 생겼다. 좋아서 박수를 쳤다. 그런데 자주 가던 작은 서점이 문을 닫고 말았다.

세월의 흔적이 느껴지던 낡은 아파트를 카메라에 담던 이가 생각난다. 그 아파트 사이에 섞여 있던 낮은 집들이 사라지고 그 터에 고층 아파트가 우뚝 서서 천호지에서도 보인다.

하지만 많은 것들이 사라져 버렸다. 낮은 지붕이 맞닿아 있는 좁은 골목길로 들어서면 평상에 앉아 담소를 나누던 어르신들의 모습도, 꽃밭도, 싱그런 플라타너스도…, 따뜻하고 정거운 풍경들이 재개발과 함께 사라져 버렸다.

늦은 봄, 인스타에 장미 맛집으로 소문이나 젊은이들이 사진 찍으러 온다는 구시인의 집에 장미를 보러 갔다. 정말 꽃송이를 매단 가지가 폭포수처럼 쏟아져 내린 듯 장관이었다. 결혼하고 나서 쭉 그곳에서 살았다는 집 대문 안은 온통 꽃밭이었다. 길 건너편은 재개발로 건물이 철거가 되어 서쪽으로 지는 해를 온전히 볼 수 있었다. 한쪽에 나란히 놓여 있는 나무 걸상을 보며 여우랑 앉아 해넘이 풍경을 바라보는 어린 왕자를 상상했다. 이 황홀한 광경도 이제 건물이 올라가면 볼 수 없으리라.

아파트와 함께 조성된 나무들이 자라 하늘을 가렸다. 올봄 대대적인 가지치기를 하여 무성한 가지를 잘라 버렸다. 그 나무에 새들이 깃들이고 여름이면 매미들의 우화도 볼 수 있었다. 아파트에 사는 이들은 앞이 훤해서 좋겠지만 나무둥치가 노출되어선지 해마다 볼 수 있던 매미의 우화 흔적을 볼 수 없었다. 저렇게 울고 있으니 분명 어딘가에 흔적이 있을 텐데 꼼꼼히 살펴도 보이지 않았다. 그런데 며칠 세차게 비 쏟아진 날, 무심코 올려다 본 학교 측백나무에 매미의 허물이 조롱조롱 달려 있었다. 나무가 비에 젖어 우화의 흔적이 선명하게 드러났다. 밤 깊은 줄 모르고 우는 매미가 살던 집이다.

5.

어머니의 자리

　기나긴 겨울에 대한 앙갚음처럼 신경질적인 몸부림으로 4월의 바람이 불고 있다. 바람 탓인가, 한 번도 가보지 못한 낯선 땅을 향해 떠나고 싶은 충동을 느낀다.

　아이들이 크면 좀 자유로워질 것 같았는데 학년이 높아지다 보니 입시라는 문제가 걸림돌이 된다. 언제나 자유롭게 떠날 수 있을까. 엄마의 역할은 어디까지일까. 끝은 있을까 하는 생각 속에 문득 돌아가신 어머니의 모습이 떠올랐다.

　어머니는 조용하고 깔끔한 분이셨다. 자식에 대한 사랑도 유별나셨다. 하지만, 불행하게도 일찍 병을 얻으셨다. 마흔을 중반쯤 넘긴 나이에 쓰러지셔서 십 년을 넘게 문 밖 출입을 못하셨다. 막내가 일곱 살이었으니 어머니의 마음은 더 아팠으리라.

어머니가 돌아가신 날은 막내의 생일이었다. 결혼을 하고 처음으로 맞는 설을 며칠 앞둔 터라 시댁 갈 준비를 하던 그 밤에 위독하시다는 전갈을 받았다. 기차를 몇 번 갈아타고 도착했을 때는 아침이었고 어머니는 이미 세상을 떠나신 후였다. 장례식을 하고 어머니가 집을 떠나던 날, 살아계실 때 한 번도 나서지 못한 문턱을 돌아가셔서야 나서는구나 하는 생각에 목이 메였다. 눈물을 쏟는 내 모습을 보고 외삼촌께서 장지에 가는 걸 말렸다. 첫아이를 가졌던 때라 무슨 일 생기면 안 된다고 극구 말려서 결국 난 어머니의 마지막 가는 길도 보지를 못했다.

텅 빈 집에 혼자 남아 어머니가 쓰던 물건들을 둘러보는 것으로 대신했다. 밖에 나갔다가 돌아오면 늘 그곳에 계셨었는데 이젠 그 모습조차 볼 수 없다는 생각에, 엄마라고 불러 볼 수도 없다는 안타까움에 그만 엉엉 소리 내어 울었댔다.

그렇게 어머니를 보내고는 사는 일이 무에 그리 바쁜지 기일도 제대로 챙기지 못하고 살고 있다. 얼마 전에는 아이들도 이젠 하루 정도는 스스로 알아서 해보는 것도 괜찮다는 생각이 들어서 집안일을 맡기고 친정으로 달려갔다.

흩어져 살던 육 남매가 오랜만에 만나 반가움을 나눴다. 함께 음식 준비를 하고 상을 차리고 사진 속의 젊고 고운 어머니의 얼굴을 바라보며 어머니와의 그리운 시간들을 얘기했다. 곁에 선 언니의 눈도 사진에 머물러 있었다. 어머니에 대한 그리움이 가득해 보이는 언니를 보며 덩달아 마음이 찌르르했다. 이젠 막내도 결혼하고 아이도 낳고 잘사는 모습을 어머니도 보셨으면 얼마나 좋을까 하는 생각이 제일 많이 들었다.

누가 그랬던가, 우리가 살아가는 것은 남은 이와 이미 떠난 이 사이에 벌어지는 수많은 의식의 연속과 같다고. 향을 사르고 술잔을 올리면 잊고 있던 고인의 기억들이 새삼 어제 일처럼 피어오른다. 나이가 아무리 들어도 어머니가 곁에 계시는 것은 축복이라 생각한다. 특히 결혼을 하고 나니 더욱 간절히 그리워지는 어머니였다. 부르기만 해도 의지가 되는 어머니란 이름! 아이를 낳고 처음 엄마가 되었을 때도 가장 그리운 이는 역시 어머니였다.

나는 아이들 곁에 오래오래 있고 싶다. 내가 겪었던 그런 아픔은 없게 말이다. 내 딸이 자라 어머니가 될 때까지 난 이 자리를 지키고 싶다. 어머니처럼 모든 걸 속으로만 삭이지 말고 하고 싶은 것도 하며 살아야겠다는 생각을 한다. 이렇게 봄바람에 마음이 싱숭생숭 거릴 때는 잠시 훌쩍 떠나 보는 것도 좋으리라. 오래 곁에 있기 위한 잠깐의 소홀이라고 스스로 자위하면서. 바람이 흔들고 간 산수유 가지 위로 하느님이 노란 물감을 쏟아부으셨다. 환한 봄이다.

6.

탄광과 카지노

추석을 쇠러 태백으로 향하던 길에 사북에 들렸다. 오래전에 일 년 남짓 살았던 곳이라 어떻게 변했는지 궁금했다. 국내 최대의 석탄 생산지였던 사북은 요즘, 탄광 대신 들어선 카지노로 더 유명한 곳이 되었다. 그 덕분에 쭉 뻗은 길을 한참 달리니 멀리 불빛이 섬처럼 점점이 떠오르기 시작한다. 어둠이 더 짙어지자, 길가 간판들이 선연히 자신의 이름을 내보인다. 로또라든가 대박 등의 간판 아래 카드대출, 자동차 또는 귀금속 대출이란 글자가 눈을 자극한다. 즐비한 전당포들을 지나니 폐광된 동원탄좌 수직갱과 탄 더미가 보이고 길옆에는 아직도 지난 흔적이 남아 있다.

물소리를 따라 인공폭포 가까이 다가갔다. 울긋불긋한 조명을 받으며 흘러내리는 물은 순환이 안 되는지, 부글거리는 거품과 악취를 풍겼다. 발걸음을 옮겨 더 위로 올라서니 다양한 모양의 분수 위에 현란한 빛과 소리가 만나고 있었다. 스크린이 없는 허공에 물줄기와 빛으로 사람의 얼굴을 만들고 목소리와 음악을 들려주는 게 여간 신기하지 않았다.

명절 무렵인데도 차가 제법 많았다. 하지만, 사람들은 거의 보이질 않았다. 호수 주변에는 페르시아 궁전 같은 대형 조명구조물이 형형색색의 아라베스크(arabesque) 문양으로 변신한다. 예전에 지장사택이라 불리던 곳이 이렇게 변한 것이다. 그 높은 산을 깎아 평지를 만든 탓에 내가 살던 곳은 짐작 조차 하기 어려웠다.

그때는 산비탈에 다닥다닥 지어진 사택들과 광부들의 왁자함이 있었고, 아이들이 그 집 사이로 몰려다녔다. 비록 넉넉하지는 않았지만 끈끈한 땀 냄새가 배어나던 시절이었다. 지금은 동화 속 궁전 같은 화려한 호텔과 카지노로 사람들이 모여들지만, 주위는 조용하기만 하다.

흑백사진 같던 탄광 마을이 카지노의 불야성으로 탈바꿈한 현장을 본 것이다. 삶에 무너져본 사람들이 다시 살아보려고 흘러들던 곳. 세상 밖으로 떠밀려 석탄을 캐던 광부들 대신, 이제는 대박을 위한 헛된 꿈을 안고 눈에 불을 켠 자들이 들끓는다.

80년대 말, 난 여기에 있었다. 신혼생활을 이곳에서 보냈다. 시어른들께서 사택이 조성되던 때부터 이곳에서 장사를 했다고 한다. 물건 하나를 사려면 산길을 굽이굽이 돌아내려야만 했으니 그곳에서의 장사는 항아리상권이었기에 잘 될 수밖에 없었단다. 생전에 어머니 말씀으론 월급날이면 돈을 포대에 쓸어 담았다고 한다.

그곳에 터를 잡고 있던 남편 친구의 주선으로 가게 하나를 세 들어 식육점을 차렸었다. 남편에겐 고향 같은 곳이겠지만 내겐 생경했다. 장사는 그럭저럭 되는 편이었지만 손으로 고기 써는 일은 무척 힘이 들었다. 주말이면 더 바빴다. 광부들은 목에 붙은 탄 찌꺼기를 없애는데 돼지고기가 최고라면서 삼겹살을 찾았다. 그즈음, 대부분이 외상 장사였기에 장부가 따로 있었다. 월급날이면 착실히 갚으러 오는 이도 있지만, 나 몰라라 하는 이도 있어 장부를 들고 일일이 받으러 다니기도 했다. 더러는 말없이 이사를 가버리는 이도 있었다.

전국 각지에서 모여든 광부들, 살기가 어려워 고향까지 등지고, 입에 풀칠이라도 하려고 탄광촌에 모여들던 시대였다. 아침과 오후, 저녁이면 교대 시간에 맞춰 차를 타려고 줄을 섰던 모습이 떠오른다. 하루 여덟 시간, 똑바로 설 수도 없는 갱 속을 4km 이상 들어가야 했다. 어둠 속에서 모자에 달린 작은 불빛에 의지해 곡괭이질을 했다. 그렇게 생명을 걸고 탄을 채탄하여, 산업 발전에 이바지한 것이다. 언제 어떻게 닥쳐올지 모르는 죽음의 위험을 안고 작업에 들어가고, 하루 일과가 끝나면 오늘도 살았다는 안도감에 술 한 잔으로 목을 축였으리라.

1990년대 석탄산업 합리화정책으로 탄광이 문을 닫기 시작했다. 우리는 그 직전에 사북을 떠났다. 그곳을 까맣게 덮었던 탄가루와 광부들의 치열한 삶의 기억도 이젠 차츰 희미해져 갔다. 그들의 인생 전부라 할 수 있는 탄광이 문을 닫은 후, 벼랑 끝에 몰린 주민들은 지푸라기라도 잡는 심정으로 내국인 카지노를 선택했다는 소식을 뉴스를 통해 들었다.

도박장은 수많은 사람이 일확천금의 꿈을 안고 불나방처럼 몰려드는 곳이다. 사람을 미치게 하는 것은 대박이다. 대박 사례들이 허망한 꿈을 좇는 부나비들의 양산을 부추긴다. 실제 카지노를 출입했다가 목숨을 끊은 이야기도 심심찮게 들린다. 인생의 막장이던 탄광촌이 또 다른 막장을 불러온 것이다. 다른 점이 있다면, 막장에서 일하던 수많은 광부는 시커먼 땅속에서 생존을 위해 노동을 했고, 카지노를 찾는 이들은 대박에 대한 헛된 욕심으로 밤에도 잠들지 못하고 자신을 죽이고 있다는 점일까?

7.

닭죽 연가

　이번 여름은 유난히 더웠다. 너나 할 것 없이 사람들은 지친 기색이 역력했다. 조금만 움직이면 땀이 비 오듯 하니 주방에 들어가는 것도 힘들었지만, 더위에 지친 가족을 위해 삼계탕을 끓였다. 그런데 온다던 아이들은 일이 있다며 오지 않고 남편도 저녁을 먹고 온단다. 애써 끓인 음식은 환영도 받지 못하고 싸늘히 식어 버렸다. 가족을 위해 더위도 참아가며 만들었는데 결국 모두 내 차지가 되었다. 난 삼계탕보다 닭을 건져 내고 찹쌀을 넣고 끓인 닭죽이 더 좋다. 아마도 어린 시절의 기억 때문일지도 모른다.

　큰아들이 늘 우선이었던 엄마가 오빠에게 보약처럼 자주

해주던 음식이 닭죽이었다. 하지만, 나는 닭 잡는 것을 구경만 했을 뿐 먹어본 기억이 거의 없다.

초등학교에 막 입학했던 때였을 것이다. 엄마는 그날따라 닭죽을 한 냄비 끓여 놓고 오빠와 함께 외출하면서 냄비에 있는 것은 오빠 약이니 절대 손대지 말라고 신신당부를 하셨다. 엄마가 나간 뒤 친구들과 숨바꼭질을 하고 있는데 우리 부엌에 숨었던 선희가 쪼르르 달려오더니 냄비에 있는 거 한 숟갈만 먹자고 졸랐다. 난 오빠 약이라 안 된다고 했지만, 선희는 따라다니며 성가시게 졸랐다. 놀이에 빠져 있던 나는 귀찮아서 딱 한 숟갈만이라고 다짐하며 허락을 했다. 그런데 그 한 숟갈에 맛을 들인 그 애가 들락거리며 퍼먹어 급기야 빈 냄비가 되고 말았다. 한참 뒤 돌아온 엄마는 텅 빈 냄비를 보고 노발대발하셨다.

내가 먹은 게 아니라고 얘길 했지만, 엄마는 내 말을 듣지 않으셨다. 한 숟갈도 먹어보지 못하고 누명까지 쓰니 억울하기만 한데, 화가 난 어머니는 회초리를 찾았고 나는 맞지 않으려 달아났다. 그런 나를 잡으려 쫓아오던 엄마가 갑자기 자리에 앉아 우셨다. 그런 엄마를 보니 덩달아 울음이 나와 엄마에게 달려가 함께 울었다.

없는 살림에 귀한 아들 먹이려고 만들어 놓은 것을 엉뚱한 녀석이 먹어 버렸으니 얼마나 속상하셨을까? 남의 집 아이가 먹은 줄 알면서도 차마 그 아이를 혼내지 못하고 애먼 나에게 속풀이를 하신 엄마. 그런 엄마 마음을 그때는 짐작

조차 못 했다.

모든 일에 오빠가 우선이었던 엄마에게 나는 깨물어도 안 아픈 손가락처럼 느껴지던 어느 봄날이었다. 그날따라 아파서 방에서 앓고 있는데, 밥을 챙겨온 엄마가 나를 일으켜 안고 밥을 먹여 주었다. 한 번도 나만을 위한 밥상을 받아 본 적이 없는 난 무척 감격스러웠다. 그때 먹은 쌀밥과 두부조림이 아직도 잊히지 않는 걸 보면 크게 감동한 것이 틀림없다. 그 맛있는 밥을 먹여주며 생일에 아파서 어떡하느냐고 하던 말도 기억난다. 나도 생일이 있다는 생각이 들며 엄마가 한없이 좋았다.

자신의 몸은 돌보지 않고 오직 자식을 위해 애면글면하던 엄마가 내 곁을 떠난 지 수십 년이 흘렀다. 다른 이들이 친정 엄마 이야기를 하면 무척 부러웠다. 해가 갈수록 부러움을 넘어 사무치게 그리웠다. 함께 맛있는 점심 먹은 이야기며, 친정집 다녀온 이야기, 자랑스러운 모습도 보여드리고 용돈도 드렸다는 이야기 등 모든 게 다 부러웠다. 급기야는 우울증처럼 모든 게 심드렁해졌다. 우리 엄마는 왜 그리 일찍 떠나셨을까? 고운 옷이며 맛있는 음식도 사 드리고 함께 놀러 다니고 싶은데, 어느 것 하나 누려보지도 못하고 그렇게 서둘러 가셨는가 하는 생각에 내내 힘들었다.

일주일 넘게 그러고 있을 때, 미국에 사는 딸에게 다니러 가신 A 선생님께서 전화를 하셨다. 돌아가신 엄마 연세쯤 된 분이시다. 그 먼 곳에서 전화하셔서 다정한 말씀을 해주셨다. 이야기 중에 "딸과 함께 나들이도 하고 연극도 보니 얼마나 좋을까요?"했더니 꿈속에선 한국만 보인다고 하셨다. 그 말씀이 가슴을 찡하게 하여 눈물이 다 솟았다. 아프지 말고 잘 있으라는 말에 친정엄마를 만난 듯했다. 전화를 끊고 나니 밑바닥으로 가라앉아 있던 맘이 한결 나아졌다. 생각해 보니 내 주위엔 친정엄마 같은 분이 많이 계시다. 엄마처럼 푸근하고 넓은 품을 지닌 그분들을 만나면 꼭 안아드리고 싶다. 아니, 그 품에 안기고 싶다.

　삼계탕을 혼자 앞에 놓고 있자니 지난간 기억이 한동안 내 주위를 맴돌았다. 그나저나 저걸 언제 다 먹지?

8.

본향을 생각하며

천안 수필계 거목이신 최 선생님의 부음을 들었다. 기억을
많이 잃고 투병 중인 것은 알았지만 그래도 잘 지내시겠지
했는데 그만 듣고 싶지 않은 소식을 듣고 말았다. 문우들과
함께 가 뵈어야지 했는데, 장례까지 마치셨다니 생전에 찾
아뵙지 못한 후회와 슬픔이 한꺼번에 밀려왔다. 전화로 사
모님께 인사를 드리고 위로의 말씀을 드렸다. 다행히 선생
님을 모신 곳이 가까운 곳이라 몇몇 문우들과 늦게나마 추
모 공원에 다녀왔다.

죽음이 주는 두려움이랄까, 그동안 여러 가지 이유를 대며
상가 방문을 꺼렸었다. 상가에 가선 음식도 잘 먹지 않았다.

그러나 어떤 분이 '장례는 돌아가신 분이 마지막으로 베푸는 잔치'라고 하는 말을 듣고 마음을 바꿨다. 고인을 추모하기 위해 가족과 친지, 알고 지내던 모든 이들이 찾아와 함께 고인을 추모하는 잔치라는 것이다. 덕분에 요즘은 많이 편해져 입관 때도 가끔 참석한다.

함께 모여 죽은 이의 영혼을 위해 연도를 바치는데 한국에만 있는 것으로 가사도 그렇지만 적당한 운율이 울음소리보다 듣기 좋다. 한 번쯤 가까이 있던 사람을 아주 멀리 떠나보낸 사람은 알 것이다. 다시는 볼 수 없다는 것이 어떤 것인지를. 세상을 떠난 이의 모습을 본다는 건 아프고 어렵다. 그중 가장 가슴 아픈 것은 모니카의 죽음이다.

어느 날 늘 다니던 병원에 약 처방을 받으러 들렀는데 한쪽 소파에 눈을 감고 앉아 있는 그녀를 보았다. 어디가 아파서 왔는지 다가가 물어보려는데 기척에 눈을 뜬 그녀가 속이 아파서 왔다고 했다. 반쯤 눕다시피 기대앉은 모습이 많이 아파 보였다. 내 차례가 되어 진료실에 들어갔다 나오니, 자리를 옮겨 다른 진료실 앞에 그 모습으로 앉아 있었다. 다음에 만나면 괜찮은가 물어봐야지 했는데, 일주일도 안 되어 다른 이를 통해 소식을 들었다. 그 병원에서 큰 병원으로 가 보라고 해서 갔더니 간암 말기로 시한부 판정을 받고 암센터에 입원 중이라는 이야기였다. 그녀를 위해 전 레지오 단원들의 기도가 시작되었고 한 번이라도 볼 수 있길 바랐는데,

석 달을 넘기지 못하고 그녀의 부고를 받았다.

재작년인가, 남편의 암 소식을 들었는지 그녀가 다가와 손을 잡으며, "형님, 힘내세요, 기도하고 있어요." 하더니, 이렇게 황망히 작별 인사도 없이 떠나 버렸다. 영정 속 환하게 웃는 모습이 눈부셔 더 눈물이 났다. 올해 환갑을 맞은 그녀는 남편과 미혼인 아들 둘만 남기고 떠났다. 그녀를 애도하는 울음소리가 장례미사 내내 끊이지 않았다.

성당에서는 해마다 11월이면 위령성월이라 하여 묘지에서 미사를 드린다. 죽은 이와 산 이가 함께 미사드리며 죽음을 통해 삶을 돌아보는 것이다. 11월 한 달 동안 망향의 동산이나 국립묘지 등 묘소에서 그들을 위해 기도를 한다. 가까운 이가 아니어도 연도 공지가 뜨면 빈소를 찾아 조문하고 연도의 입관 때 참석도 한다.

장례미사 때 늘 듣는 '죽음이 죽음이 아니고 삶이 옮겨가는 것'이라는 말이 죽음에 대한 두려움을 옅어지게 하는 것 같다. 이 세상 소풍 끝나는 날, 돌아갈 내 본향에서 다시 만날 최 선생님과 모니카를 생각하며 그분들의 영원한 안식을 빈다.

비어 있는 세월

9

반갑다 파리야

지난 늦가을에 낯선 편지 한 통을 받았다. 폭력 사건으로 영어의 몸이 된 어느 재소자가 보낸 편지였다. 나의 졸작을 읽고 글에 대한 자신의 느낀 점과 함께 남은 삶을 봉사라는 두 글자를 품고 살겠노라고 했다.

정성스런 글에 감동하였지만 특수한 곳에서 온 편지라 당황하기도 했다. 하지만, 살아있음을 확인해 보고 싶어 글을 쓰게 되었다는 그 말에 가슴이 뭉클해져 답장을 보냈다.

며칠 후 그에게서 편지가 도착했다. 세상 사람들의 생각과 인식에서 벗어날 수 없는 곳이라 답장하기가 쉽지 않았을 것이고, 많은 갈등과 염려도 있었을 텐데 답장을 해줘서 고맙단다. 덕분에 세상의 한 부분으로의 존재감과 나락에서 건져진 것처럼 기쁘다고도 했다.

처음엔 지난날에 대한 미련 때문에 원망과 분노 속에서 힘들어하는 글이었지만, 차츰 용서와 감사와 긍정적인 글로 바뀌었다. 극한 상황을 지탱하도록 버팀목이 된 편지, 글을 주고받는 것으로 큰 위안과 힘을 얻었다며 고마워했다. 새잎을 틔우려 가지마다 물을 끌어올리는 나무에 봄바람이 나뭇가지를 흔들어 도와주듯이 편지가 큰 힘이 된다는 말을 늘 했었다.

예전보다 그곳의 시설이 좋아졌다고는 하나 겨울은 여전히 추웠나 보다. 자다가도 일어나 양말을 껴 신고, 아침에 일어나면 화장실에 들어가 제자리 뛰기도 하고 창틀을 잡고 팔굽혀펴기도 하며 추위를 견뎠단다. 그런데 어느 날 화장실에 들이기니 쇠창살 사이로 파리가 넘나들고 있었다. 파리가 나타난 건 겨울이 끝났다는 것이라는 생각에 얼마나 반갑던지 자신도 모르게 "반갑다 파리야!"라고 했다는 것이다. 얼마나 추웠으면 그 귀찮은 파리가 그리 반가웠을까? 그 말이 가슴에 오래 남아 파리를 볼 때면 문득문득 떠오른다. 사람은 처한 상황에 따라 감정이 달라질 수 있고 사물에 대한 느낌도 달라질 수 있다는 생각이 든다.

봄바람이 불던 어느 날, 출소했다며 전화를 했다. 처음 들는 목소리라 당황하여 고생하셨다는 말을 한 기억뿐이다. 그런 내 맘을 느꼈는지 전화 대신 문자로 *가끔* 안부를 전해 온다.

힘든 삶을 사는 이에게 내가 할 수 있는 말은 참으로 적다. 그러나 힘들어하는 속내를 조용히 들어줄 수는 있다. 그 사소한 일 하나가 외로운 이에게는 큰 힘이 된다는 걸 새삼 깨달았다. 찰나의 만남이 있는가 하면 내 의사와는 상관없이 어찌어찌 이어지는 만남도 있다. 각자 나름의 색깔을 지닌 만남. 누군가에게 행복을 줄 수 있는 만남이 더 많기를 바란다. 살면서 겪는 크고 작은 만남을 소중히 살펴 사랑으로 마음을 나누는 것이 중요하다는 생각도 한다.

때론 고난이 인생을 아름답게 하고 값진 의미를 준다는 말이 가슴에 사무친다. 어려운 고비를 넘긴 그의 삶이 더 단단해졌으리라 믿고 싶다. 고통과 절망을 통과하여 얻은 축복 속에서 작은 것에 감사하는 마음으로 살아가길 기원한다.

10.

게르에서의 하룻밤

　몽골의 대초원을 향한 설렘은 비행기 창문 너머 끝없는 하늘만큼이나 깊었다. 유목민의 삶, 별이 쏟아질 듯한 밤하늘… 그 모든 것이 보고 싶었다. 도착한 날부터 비가 내려 심란했는데, 다행히 '테를지 국립공원'으로 향하는 날은 하늘이 맑았다.

　시내를 벗어나니 초원에서 자유롭게 풀을 뜯는 양과 염소, 말을 볼 수 있었다. 가끔 찻길을 가로질러 지나는 양 떼 때문에 차가 멈춰서기도 했다. 길옆으로 바위산도 보였지만 쭉 펼쳐진 푸른 들판에 뻑뻑하던 눈이 시원해졌다. 소가 무리지어 풀을 뜯는 풀밭에서 도시락으로 점심을 먹었다. 차에서 내릴 때는 가축 냄새에 얼굴을 찡그렸으나 바람에 냄새가 엷어지니 견딜만했다.

승마 체험장에 들렀다. 승마는 처음이라 무서워 잠시 망설였지만, 여기서 포기하면 머잖아 후회할 것 같아 용기를 냈다. 말이 움직이자 내 손은 떨렸고 몸은 움츠러들었다. 말의 걸음에 맞춰 몸을 기울이는 것이 어려웠다. 하지만 말과 함께 언덕을 오르고 냇물도 건너고 초원을 걷다 보니 차츰 주변 풍경도 눈에 들어왔다. 초원의 바람을 느끼며 한 시간여 말과 함께하고 보니 몽골과 조금은 가까워진 듯했다. 해가 서쪽으로 기울 무렵 숙소에 도착했다.

처음 본 게르의 내부는 온통 신기함이다. 바닥을 콘크리트로 다진 후 장판을 깔고 원통형의 벽을 따라 나무 침대와 침구류가 나란히 있었다. 가운데 굴뚝이 달린 화덕과 그 옆에는 장작을 담은 통이 놓여 있었다. 현대식 게르는 전기 시설이 되어 있어 충전도 할 수 있다고 한다. 주변 풍경이 궁금해질 때쯤 밖으로 나왔다. 풀밭에 흩어져 지은 하얀 게르와 풀을 뜯는 말, 해그림자가 비치는 건너 골짜기 풍경은 어릴 적 동화책 속에서 그리던 한 장면 같았다. 경사진 언덕에 나무들이 줄지어 선 광경도 보기 좋았다.

언덕에는 빨강, 노랑, 보라 등 갖가지 꽃이 피었는데 그중 하얀 꽃이 가장 눈에 띄었다. 누군가 그 꽃이 에델바이스라고 알려 주었다. 에델바이스 노래를 흥얼거리며 나무 의자에 앉아 막힌 것 없이 탁 트인 하늘과 시시각각 변하는 구름에 마음을 뺏기며 내 삶에 이런 시간이 또 있을까 하는 생각을 했다. 저녁놀이 서쪽 하늘을 온통 물들이고 어스름이 깃들 때에야 저녁 식사를 했다. 메뉴는 몽골 전통 음식 허르헉이었다. 허르헉은 양 한 마리를 통째로 잡아 감자와 당근 등과 함께 불로 달군 돌 속에 넣어 오랜 시간 쪄서 만든 음식이란다. 주인은 친절하고 인심도 넉넉했다. 배가 무척 고팠지만, 특유의 냄새 때문에 조금 맛만 보고 김치만 세 접시를 먹었다.

어둠이 짙어지자 하늘에 하나둘씩 별들이 돋아났다. 고개를 젖혀 아스라이 반짝이는 별을 한참 바라보다가 문득 이해인 님의 시가 떠올랐다.

> 고개가 아프도록
> 별을 올려다본 날은
> 꿈에서도 별을 봅니다
>
> 반짝이는 별을 보면
> 반짝이는 기쁨이
> 내 마음의 하늘에도
> 쏟아져 내립니다

별 보기는 새벽 2~3시경이 절정이라기에 잠시 게르 안으

비어 있는 세월

로 들어갔다. 자정쯤 관리인이 불을 피우며 장작 두어 개만 더 넣으면 잔열이 오래살 거지만 다시 올 터이니 문은 잠그지 말라고 한다. 장작이 다 타고 추위가 달려들어도 관리인은 나타나지 않았다. 두툼한 옷을 챙기라는 여행 전 안내서를 무시했던 것이 생각난다. 밤이 깊어질수록 추위가 심해져 온몸이 아프기 시작했다. 그것조차 낯선 여행의 일부로 받아들이려 애쓰며 잠을 청했지만 정신은 더욱 또렷해진다.

게르 밖에서 말 울음소리와 개 짖는 소리가 들렸다. 잠이 오지 않아 별이나 실컷 보려고 밖으로 나섰다. 텔레비전에서 보았던 몽골의 밤하늘, 그 광경을 직접 눈에 담고 싶었다. 그러나 게르 주변의 밝은 조명들이 내 바람을 가로막았다. 밤하늘은 있었지만 별은 보이지 않았다. 아쉬움이 컸다. 그 불빛에 반짝이는 이슬이 마치 풀밭으로 떨어진 별처럼 보였다. 다시 들어와 잠을 청했으나 잠이 오지 않아 날이 밝기만 기다렸다. 주위가 희붐해지길래 누군가 마주치길 바라며 밖으로 나가니 갑자기 커다란 말이 불쑥 나타났다. 깜짝 놀랐지만 말은 내겐 관심조차 두지 않고 게르 주변에 흩어져 우둑우둑 풀만 뜯고 있었다. 산 위로 솟는 해가 아름다워 혼자 넋을 놓고 바라보는데 말 탄 아이들이 다니며 흩어진 말을 몰아 목장으로 데려갔다.

춥고 별은 없었지만 그 속에는 내가 꿈꾸던 여행의 일부가 있다. 그 시간에 펼쳐진 밤 풍경을 오롯이 혼자 보았기 때문이다. 언젠가 다시 별이 가득한 몽골의 밤을 마주하게 되기를 마음속에 담았다.

비어 있는 세월

3부
혼자 사는 집

1.

가우디를 생각하다

울퉁불퉁한 아파트 담장에 깨진 타일 조각이 제법이다. 꽃과 나비, 물고기와 새 등 자연의 모습을 모자이크 기법으로 장식해 놓았는데 그것 때문인지 늘 다니던 길마저 아름답게 보였다. 몇 배의 세심한 공정이 필요한 모자이크 기법을 보면서 문득 바르셀로나의 구엘공원에서 본 세상에서 가장 긴 벤치가 떠올랐다. 스페인의 천재 건축가 '가우디'가 조각난 타일과 깨진 도자기 파편을 붙여 만든 아름다운 벤치였다. 색색의 조각이 모여 만든 화려한 무늬는 반듯한 타일을 붙여 만든 장식과는 또 다른 독특한 느낌이었다. 단장한 아파트 담장의 모자이크 벽을 보면서 '가우디'라는 사람이 진한 여운으로 남았던 지난 여행을 떠올렸다.

우연처럼 다가온 스페인 여행은 무척 설렜는데, 사진으로
만 보던 '안토니오 가우디'의 작품들을 직접 볼 수 있어서 더
좋았다. 바르셀로나 시내엔 그가 만든 독특한 건축물이 많
았다. 그 중에서 언덕 위에 자리 잡은 구엘 공원의 아름다운
풍경은 아직까지 잊히지 않는다.

가우디의 후원자였던 구엘 남작의 이름을 딴 그 공원은 원
래 전원주택단지였다. 그는 박람회에 출품된 가우디의 작품
에서 천재성을 알아보고 자기가 살 저택 공사를 맡겼다. 그
러나 구엘의 갑작스러운 죽음으로 공사는 중단되었고, 그 후
후손이 시청에 매각하여 지금의 공원이 되었다.

14년 동안 가우디가 그곳에 완공한 것은 집 몇 채와 자갈
길, 광장, 시장, 의자 등이 전부였다. 자갈투성이 땅이라 부
지를 정리하는 데 어려운 곳이었는데 가우디는 오히려 그 단
점을 살려 독특한 건축물을 만들었다. 공사하며 나온 돌을
쌓아 올려 종려나무 형상을 만들고, 아치형의 통로도 만들
었다. 원형을 파괴하지 않고 주변과의 조화를 고려해 만들
었다는 비스듬한 기둥과 나선형 계단 등은 주변 풍경과 어울
려 인위적인 느낌이 나지 않았다.

기둥 사이로 들어오는 빛이 만든 무늬 속에 서서 신이 창
조한 돌과 빛, 가우디의 영감이 만나 빚어낸 경이로운 건축
물을 바라보며 구엘과 가우디가 나눈 진한 우정을 떠올렸
다. 어떤 건축주가 쓸데없는 곳에 공을 들이느라 시간을 낭

비하는 건축가를 보고만 있겠는가. 그가 아무리 뛰어난 건축가라고 해도 말이다. 예술을 이해하는 후원자 구엘의 경제적인 뒷받침과 무한한 신뢰가 없었다면, 가우디의 건축가로서의 명성도 지금의 건축물도 존재하지 않았을지도 모른다.

파도치듯 구불구불한 벤치에 앉아 짙푸른 지중해와 바로셀로나 시내를 내려다보았다. 높이 솟은 네 개의 탑만으로도 그 존재를 과시하고 있는 사그라다 파밀리아 성당은 멀리서도 단연 돋보였다.

이 성당은 가우디와는 떼어 놓을 수 없는 건물로 그가 평생을 바친 곳이다. 올려다볼수록 그저 신기하기만 한 성당 외부는 성서에 나오는 내용들이 구체적으로 새겨져 있어 마치 돌로 만들어진 한 권의 책을 보는 듯했다. 성당 내부는 스테인드글라스를 통해 들어 온 빛이 만든 무늬가 황홀했다. 거대한 기둥은 나무를, 천정에서 쏟아지는 빛은 나뭇잎 사이를 비치는 햇빛을 보고 만들었다는데, 그 경이로움에 고개 아픈 줄 모르고 올려다보았다.

구엘의 죽음으로 가우디는 큰 슬픔에 빠져 한동안 방황하다가 성당 건축에만 매달렸다. 다른 모든 일을 포기하고 그곳에 은둔하며 일꾼보다 더 남루한 차림으로 오로지 일만 했다. 그는 평생을 독신으로 살다가 일흔넷이 되던 해 전차에 치어 세상을 떠났다.

가우디는 바르셀로나 도시 곳곳에 특별한 흔적들을 남겼다. 그의 작품 대부분이 당시 큰 부자들의 후원으로 지은 것이 많지만, 그는 검소하게 살았다. '인간은 창조하지 않는다. 다만 발견할 뿐이다.'라는 그의 말처럼 가우디가 창조해 낸 것은 없다. 단지 발견했을 뿐이다. 그저 신이 허락한 발견으로 자연을 닮은 부드러운 곡선을 건축물에 옮기는 것에 충실했고 그것들은 다시금 자연과 하나가 되고 있었다. 어쩌면 그가 추구한 것은 신에게 닿고 싶었던 것이 아니었을까? 시대를 앞서간 그의 독창적인 작품에서 신에 대한 무한한 경외감과 자신의 철학에 대해 고집스러웠던 가우디를 생각한다.

2.

찌그리 풀빵

덕산 장에 가면 꼭 먹어야 하는 것이 있다. 고소한 냄새가 장터 사람들의 발길을 잡는 곳 말이다. 이곳 사람들은 그곳을 '찌그리 풀빵집'이라 부른다. 왜 찌그리냐고 물으면 아주머니가 웃을 때 한쪽 입꼬리가 찌그리 올라간단다. 누군가의 장난스러운 말에서 시작된 것이 이제는 이름처럼 사람들의 기억에 박혀 있다.

처음 그 풀빵을 찾은 건 친구 때문이다. 직접 농사지은 재료로 반죽이며 앙금도 만드는데, 다른데 그것과는 비할 바 아니란다. 그 이름에 끌려 뒤따라가면서 나는 가게 앞에 길게 늘어선 사람들을 떠올렸다. 그런데 가게는 보이지 않고 자꾸 시장 안으로만 들어가는 것이다. 드디어 발길이 멈춘 곳에 어떤 아주머니 한 분이 난전에서 풀빵을 굽고 있었다.

한눈에 봐도 오래된 틀에서 풀빵이 익어가는 풍경은 어쩐지 느릿했고, 아주머니는 얼굴도 제대로 들지 않은 채 반죽을 붓고 있었다. 능숙한 손놀림에 따라 노릇하게 익은 풀빵이 고소한 냄새를 풍겼다. 지나가던 사람들이 하나둘 모여들었다.

금방 구운 풀빵을 건네받으며 인사를 하자 아주머니 얼굴에 찡긋한 웃음이 번졌다. 한쪽 입꼬리가 찌그리 올라간, 익숙하면서도 처음 보는 표정이었다. 친구가 말을 덧붙였다. 남편이 중학교 다닐 때부터 단골인데 지금은 아이들과 함께 찾는 곳이란다. 이젠 아들도 팥소의 깊은 맛을 아는지 장에 오면 꼭 찾는다는 것이다.

소년이 청년이 되고 중년이 된 지금, 지난 시간에 박혀 있는 추억이 꽤 깊은가 보다. 어렸던 손님이 중년이 되어서도 아내와 자식 손을 잡고 찾아오는 것은 맛뿐만 아니라 그 속에 담긴 그리움을 사는 것일지도 모른다.

세월은 사람을 바꾸기도 하고 어떤 것은 지워가기도 한다. 하지만 40년이 넘은 아주머니의 풀빵은 오히려 기억을 붙잡아 두는 힘이 있는 것 같다. 어릴 적 입안 가득 퍼지던 그 달콤함, 추운 날 김 모락모락 나는 봉지를 들고 걷던 시장길,

다정한 말 없이도 전해지던 정이 풀빵 하나에 고스란히 담겨 있는 것 같다.

그날 먹은 풀빵은 이상하리만치 기억에 남았다. 겉은 바삭하고 속은 달콤했지만, 맛 때문만은 아니었던 것 같다. 어쩌면 그 아주머니의 찌그리 웃음이 내 마음 어딘가를 먼저 데워준 것은 아니었을까?

3.

아날로그 감성

묵은 책을 펼치니 갈피에서 빛바랜 엽서 한 장이 떨어졌다. 사십여 년 전 어느 가을, 친구에게 받은 엽서다. 엽서에 적힌 이성선 시인의 '가을 편지'를 읽다 보니 정갈한 글씨 위로 친구 얼굴이 겹쳐진다. 엽서 한 장에 담긴 친구의 마음이 새삼 고맙다. 디지털 시대에 아직 아날로그 감성이 남아 있어서일까. 나는 활자가 아닌 손 글씨에 더 마음이 간다.

냉장고 문에는 딸이 여행지에서 보낸 엽서 몇 장이 붙어 있다. 몇 줄 안부 글과 함께 배달된 엽서를 볼 적마다 행복하다. 내 생각이 나서 샀다는 그 말도 고맙다. 짧은 글이지만 나를 위해 써 준 글들, 엽서에 담긴 사진이나 그림에 관한 설

명이나 여행담, 특히 내가 쉽게 가지 못하는 곳에서 보낸 엽서는 최고의 선물이다.

살뜰한 딸은 나와 함께 여행도 자주 다녔다, 여행을 다니며 둘이서 거의 빠지지 않고 했던 일은 여행지만의 특색 있는 엽서에 각자 보내고 싶은 이에게 편지를 쓴 일이다. 짧은 안부에도 기뻐할 친구를 상상하며 글을 쓰는 시간이 즐거웠다. 편지보다 먼저 도착한 내가 그 일을 잊을 때쯤, 내가 보낸 엽서를 받고 기뻐하는 친구의 목소리에 기쁨은 배가 되었다.

인쇄된 활자보다 손 글씨가 사람의 감성을 건드는 것 같다. 광고나 포스터, 심지어 간판에도 인쇄체가 아닌 캘리그라피로 제작된 것이 늘어나고 있다. 버튼 하나만 누르면 끊임없이 재생되는 노래 대신 턴테이블에 올려 듣던 LP판을 모으는 사람도 있고, 찍기만 하면 알아서 보정해 주는 카메라 대신 흑백 필름 카메라를 찾는 사람도 많다고 한다. 우리 세대야 옛것에 대한 향수 때문이라지만 그 시대를 살지 않은 젊은이들도 아날로그를 찾고 있다니 너무 빨리 바뀌는 것에 지친 것일까? 조금 느리고 더디지만, 사람의 손이 닿아야만 움직일 수 있는 그 따뜻함이 그리운 것일지도 모른다.

여행지에서 기념품처럼 산 엽서와 주위에서 건네준 엽서가 제법 많다. 묵은 것도 있고 새것도 있다. 정리하며 보니 우리나라 풍경 사진이 많다. 이런 엽서를 외국인들은 좋아하지 않을까 하는 생각을 하며 방법을 찾다가 'post crossing'이란 사이트를 알게 되었다.

전 세계 임의의 사람들과 엽서를 보내고 받을 수 있는 프로젝트로 메일이 아닌 실제 엽서를 주고받는 플랫폼이다. 그 프로젝트의 목표가 국가, 나이, 성별, 인종과 관계없이 엽서로 전 세계 사람을 연결하는 것이란다. 내가 엽서 하나를 보내면 다른 누군가에게 무작위로 전달되고 나도 무작위로 엽서 하나를 받게 되고 교류가 늘어나면 더 많은 이들과 만날 수 있다. 펜팔 상대가 지정이 아니라 무작위라는 것만 다를 뿐, 어쩌면 이것도 아날로그의 감성이 남아 있는 엽서 펜팔이 아닐까?

묵은 엽서도 정리하고 새로운 엽서를 받을 수 있으며 그것을 통해 세계 여행을 할 수 있다는 것에 관심이 생겼다. 모든 글을 영어로 써야 한다는 게 부담이지만 간단한 회화 정도면 가능할 것도 같다. 코로나19로 여행은커녕 밖을 활보하기도 어렵다. 발길이 묶였으니 엽서를 통한 아날로그 여행이라도 슬슬 시작해 볼 때가 아닐까?

4.

베란다 일기 1

더위가 한풀 꺾이니 베란다 화초들이 생기를 찾는다. 비 실거리며 잎만 달고 있던 나팔꽃도 꽃봉오리를 달았다. 몸 조차 가누지 못하고 쓰러지던 분꽃도 노란빛이 얼비치는 꽃 봉오리가 생겼다.

2년 전 씨앗을 심었던 무궁화나무는 올해 꽃봉오리가 생 겼다. 얼른 꽃을 보고 싶어서 위로만 올라가던 순도 잘라주 고, 진딧물이 얼씬하지 못하게 매일 꽃봉오리 주변과 잎을 깨끗이 닦았다. 영양이 부족하면 봉오리가 그냥 떨어져 버 릴 수도 있기에 비료도 주며 정성을 들였다. 그런데도 꽃봉 오리가 부푸는데 시간이 꽤 걸렸다.

혼자 사는 집

이틀 전 드디어 봉오리가 갈라지고 그 틈으로 연보랏빛 꽃잎을 새순처럼 내밀었다. 언제쯤이면 꽃을 보려나 하는 마음에 몇 번이나 베란다를 들락거렸다. 어스름이 내릴 무렵 다시 나가보니 아침보다 한층 꽃잎이 올라왔다. 자리를 뜨지 못하고 한참을 그 앞에 서서, '저 여린 꽃잎이 두꺼운 껍질을 열고 나오는 힘은 도대체 어디서 나오는 걸까?' 궁금해졌다. 어쩌면 식물도 꽃봉오리가 터질 때 그만큼 힘이 들지도 모른다는 생각이 들었다.

　언젠가 텔레비전에서 새끼 염소가 태어나는 광경을 본 적이 있다. 어미 염소가 발로 땅을 긁고, 일어나 사방 헤매다가는 고통에 찬 소리를 지를 즈음 태가 열리고 까만 머리가 보였다. 주인이 조심스레 다가가 조금씩 끌어내니 새끼가 나왔다. 조금씩 벌어지려는 꽃봉오리 앞에서 출산을 기다리던 그 주인처럼 힘내라 하며 응원했다.

　다음 날 아침, 졸린 눈을 비비며 밖을 살폈더니, 드디어 꽃이 피었다. 얼른 나가서 만져보니 꽃잎이 마치 아기 피부처럼 부드러웠다. 오후가 되자 온몸을 열어젖힌 무궁화와 쌍둥이처럼 머리를 맞댄 것도 꽃잎이 제법 나왔다.
　베란다에서 무궁화를 볼 수 있다는 것이 꿈만 같다.

　오래전부터 무궁화를 키워 보고 싶었다. 나라꽃이기도 하고 빛깔도 곱다. 한순간 피었다가 화라락 무더기로 져 버리는 벚꽃에 비해 무궁화는 매일 끊임없이 새롭게 피는 꽃이다. 아침에 피었다가 저녁에 지는 꽃, 지는 모습도 도르르 말려 얌전하게 진다. 내년엔 색깔별로 골고루 심어 볼 작정이다. 그래서 새로운 품종이 보이면 얼른 달려가 씨앗을 받는다.

 더 다양한 무궁화꽃을 볼 생각에 벌써 마음이 설렌다. 새로 나오는 잎겨드랑이에 올망졸망 맺힌 꽃봉오리가 제법 많다. 베란다는 한동안 무궁화 세상일 것 같다.

혼자 사는 집

5

베란다 일기 2
- 괭이밥과 선인장 -

　우리 베란다에는 다양한 화초가 어울려 산다. 조금 큰 화분에는 두서너 종류가 옹기종기 산다. 벤저민과 단풍나무가 함께 살고 긴 화분에는 무궁화와 국화가 함께 산다. 전혀 어울릴 것 같지 않은 것들이 비좁게 어깨를 맞대고 키 자랑을 하고 있다. 쾌적한 환경도 아니고 비옥한 토양도 아니다. 살기 좋은 곳이냐 하면 그것도 아니다. 오로지 내 욕심이 빚은 결과다. 어떤 집에 가보면 깨끗하고 아름답게 정원처럼 꾸며 놓은 곳도 있다. 싱싱하고 푸른 화초들이 각기 다양한 단독주택에서 살고 있다. 거기에 비하면 우리 베란다는 달동네 판잣집 같다.

　그래서일까? 돈을 주고 사거나 선물 받은 귀한 화초는 영

적응을 못 한다. 온실에서 곱게 자라 척박한 환경에 적응하기가 어려운가 보다.

다른 집에서 분양받은 것보다 길가에서 입양한 녀석이 더 잘 자란다. 경비아저씨가 준 낮달맞이꽃은 이사 온 지 얼마 되지 않아 환한 꽃을 피웠다. 나도사프란은 베란다 식물 중에서 최고참으로 아산에 살 때 입양했는데, 지금도 꿋꿋하게 하얀 꽃을 피운다.

얼마 전, 선인장 집이 너무 작아 보여 더 큰 집으로 옮겨주었다. 단칸방에서 다리도 제대로 못 뻗는 것 같아 선심을 썼는데, 한 주가 지나자 누렇게 말라버렸다. 냉큼 버리지 못하고 그대로 두었는데, 말라버린 그 몸에 콩알만 한 싹이 돋았다. 튼실해 보이진 않지만 새 생명을 틔운 그 녀석이 참 예쁘다.

어떤 집은 초대받지 않은 손님이 들어와 집주인을 위협하기도 한다. 괭이밥이 바로 그 녀석이다. 보이는 대로 쫓아내다가 그 끈질긴 생명력에 감탄하기도 한다. 더러는 아무도 살지 못하는 폐가 같은 곳도 있다. 그곳에 괭이밥을 이주시켰더니 휑하던 그곳을 예쁘게 새로 단장하고 있다. 더러는 앙증맞은 노란 꽃도 피우며 말이다. 그 괭이밥이 사는 곳은 흙이 조금이라 거의 사막 같은 불모지다. 그 불모지에 네가 알아서 살라 하고 강제 이주시키다가 문득 먼 타국으로 강제 이주당한 선조들이 생각났다. 내가 뭐라고 널 맘대로 옮겨 살게 했나 하는 미인한 마음에 매일 물을 듬뿍 준다. 다행히 꽃도 피우며 살고 있으니 얼마나 감사한지!

　큰집 조카가 미국으로 이민을 갔다. 더 나은 삶을 바라고 떠났겠지만, 고국을 떠나 처음 밟아볼 낯선 땅에서 뿌리를 내리려면 많은 어려움이 있을 것이다. 친정엄마가 곁에서 많은 도움을 줬지만, 그곳에선 모든 것을 스스로 다 해야만 한다.

　온실을 떠나 거친 세상으로 나간 그녀가 부디 선인장처럼 꿋꿋이 잘 살기를 기도한다. 어쩌면 딸도 머지않아 낯선 땅으로 떠나야 할지 모른다. 어디를 가든 좌절하지 않고 씩씩하게 살아내기를, 아니 그렇게 살 거라 믿고 싶다.

6.

베란다 일기 3

1

물 한 잔을 마시다가 문득 오늘 화분에 물을 안 준 것이 생각나 베란다로 나갔다. 아마릴리스 봉오리가 더 도도록하게 부풀었다. 어스름 저녁에 보는 베란다 풍경도 꽤 괜찮았다. 어두워질수록 작약의 흰빛이 선명하게 살아났다. 향기는 그다지 느껴지지 않는다. 작약은 향기보다 빛깔로 벌을 부르나 보다. 어두워진 베란다에 한참을 서 있었다. 작고 볼품없는 꽃밭도 이리 좋은데 꽃으로 가득한 넓은 마당이 있다면 즐거움이 배가 될까? 크기와는 상관없을 거라 혼자 결론짓고 목마르지 않게 물을 흠뻑 뿌려 주었다.

2

봄에 꽃집에 들러 흙 한 포대를 샀다. 이번엔 해바라기와
박씨를 심었다. 제비가 물어다 준 건 아니지만 아기 주먹만
한 박이라도 달리기를 기대했다. 싹이 나고 자라 덩굴손이
길게 뻗자 빨래 건조대를 타고 오르게 했다. 해바라기도 싹
이 났으나 베란다 환경과 맞지 않았는지 영양이 부족해서인
지 키도 자라지 않고 꽃을 보지 못했다. 박 넝쿨도 튼실하지
못해 꽃이나 볼 수 있으려나 했는데 어느 날 저녁 꽃이 피었
다. 어둠도 통과할 것 같은 하얀 꽃이 마술처럼 눈앞에 나타
난 것이다.

유년 시절, 여름날 외가에서 저녁 먹을 때면 초가지붕 위
에 하얗게 박꽃이 피었다. 어둠이 짙어갈수록 더 희게 빛나
던 그 꽃 빛을 어떻게 표현할까! 외가의 박꽃처럼 많지는 않
았지만 서리가 내릴 때까지 한 송이씩 번갈아 피며 나를 행
복하게 했다. 열악한 환경이지만 기억 속의 꽃을 하나하나
피워 보고 싶다

3

작년에 받아 둔 나팔꽃씨를 뿌렸더니 싹이 올라왔다. 좁은
화분에서 어깨를 맞대며 자라더니 어느새 덩굴손을 내밀며
영역을 확대하고 있다. 지지대를 세웠더니 벌써 천정에 닿

아 되돌아 내려오지 못하고 벽에 눌려 있는 모습이 안타깝다. 작년엔 베란다 밖으로 줄기를 보냈더니 난간을 감고 맘껏 팔을 뻗고 꽃도 많이 피었다. 차라리 밖으로 내보낼 걸 후회가 된다. 화분의 꽃이 매년 피는 것은 아니다. 해를 걸러 피는 것도 있고 몇 년이 지나도 피지 않는 것이 있다. 올해는 더위 때문인지 분꽃도 이제야 피고 있다.

베란다에 사는 나무도 가을이면 단풍이 들고, 겨울이면 잎이 떨어진다. 초록도 물기가 빠진 듯, 여름빛과는 완연히 다르다. 그런 모습을 보며 자연의 순환과 내 삶의 여정을 되돌아보게 된다. 꽃의 일생도 아름다운 소풍일까?

혼자 사는 집

나오시마에서

딸아이가 교환학생으로 일본에 가게 되었다. 얼마 전 원전 사고와 쓰나미가 떠올라 내심 편치 않았다. 그런 엄마의 마음을 눈치챘는지 자기가 가는 곳은 동경과 반대쪽이고 지진도 거의 없는 곳이라며 애써 안심을 시킨다. 한 번 결심하면 고집을 부리는 딸 녀석의 성정과 새로운 세계로 나가고 싶어하던 마음을 읽었기에 더는 말리지 못하고 보냈다.

일본으로 떠난 뒤 그곳 상황이 궁금하던 차에 딸에게서 연락이 왔다. 연휴라서 일주일 정도 한가하니 다녀가지 않겠느냐고 했다. 반가운 마음에 얼른 짐을 꾸렸다. 딸과 함께 몇 번 다녀온 나라이지만, 이번엔 혼자만 떠나는 여행이라 조금은 걱정이 되었다. 하지만 걱정은 기우이듯, 큰 어려움 없이 딸과 반가운 해후를 했다.

　한국에서 비행기로 한 시간 남짓 걸리는 오카야마라는 곳
이었다. 국제공항 건물은 천안아산역 크기인 데 비해 신칸
센이 다닌다는 역은 공항보다 더 커 보였다. 이튿날, 오카야
마 대학과 기숙사를 둘러보고 이름도 낯선 쿠라시키, 나오
시마, 고라쿠엔 등을 구경했다. 그중 가장 기억에 남은 곳이
나오시마이다.

　그동안 이름조차 들어본 적이 없는 낯선 섬이었다. 일본에
무수하게 많은 작은 섬 중 하나로 한때 산업 폐기물로 몸살
을 앓고 쇠락해 가던 마을이 베네세라는 기업과 예술가들에
의해 디자인되어 예술의 섬으로 탈바꿈했다고 한다.

　아침부터 낯선 곳에 대한 설렘으로 가슴이 울렁거렸다.
갑판에서 바라본 파란 하늘과 잔잔한 바다, 강렬한 햇빛이
영화의 한 장면을 떠올리게 했다. 배에서 내려 나오시마섬
의 상징물인 구멍이 숭숭 뚫린 빨간 호박 앞에서 사진을 찍
고 우리는 차를 타지 않고 천천히 걸어서 이 섬을 구경하기
로 하였다.

　길이 아름다우면 여행이 더 즐겁다. 잔잔한 바다와 산기슭
에 핀 이름 모를 꽃들이 발걸음을 가볍게 했다. 아늑하고 한
적한 길을 걸으며 바다도 보고 산도 보고 자연의 품으로 스
며드는 시간, 길을 걸으며 만나는 풍경은 영상 속의 풍경보

다 풍성하다. 낯선 곳에서 낯선 사람들을 만나고 낯선 나를 바라보는 일, 익숙한 것을 뒤로하고 색다른 세상을 만나는 것이 여행이 주는 즐거움의 중의 하나이다.

    기대를 품고 도착한 지추미술관은 오전인데도 이미 하루 치의 표가 동나서 들어갈 수가 없었다. 세계적인 건축가 안도 타타오가 능선의 자연미를 해치지 않기 위해 콘크리트 구조물을 땅속으로 집어넣고, 과감한 공간의 절개와 분할로 건물 내부에 빛과 하늘, 자연을 끌어들였다는 곳. 발도 들여놓지 못하고 아쉬운 발길을 돌렸다.
    구불구불한 길을 한참 더 걸어 올라가다가 이우환 미술관을 만났다. 한국인의 이름이 붙여진 개인 미술관이 일본의 한 섬에 있다는 사실이 놀라웠고 자랑스러운 마음도 들었다. 야외 풍경도 마치 작품 같았다. 미술관 앞 잔디밭에 바위와 육각형 콘크리트 봉이 하늘 높이 뻗어 있다. 잔디밭은 해안까지 길게 이어져 그 끝에는 흰 모래사장과 바다가 펼쳐져 있다.

    미술 작품은 바닷가나 수풀 속에서도 찾을 수 있어 마치 예술과 자연이 하나로 어우러진 듯했다. 가까이서 바다를 볼 수 있음이 행복해서 시간 가는 줄을 몰랐다가 배가 고파져서 벤치에 앉아 챙겨온 도시락을 먹었다. 여기는 편의점에 가면 참 다양한 도시락이 많다. 자연 속에서 아이와 함께 걷고 함께 밥을 먹으며 사는 이야기를 나누고 다시 힘을 내어 걸음을 옮겼다.

한참을 걸으니 해안선을 따라 소나무가 아름답게 펼쳐져 있는 해변이 나타났다. 잠시 쉴 겸 벤치에 앉아 바다를 보며 커피를 마셨다. 아무리 봐도 물리지 않은 하늘의 변화, 오늘 내내 바라보는 시간이 많아졌다. 파란 눈부심으로, 석양의 찬란함으로 여러 가지 표정을 짓는 바다. 끝없이 펼쳐진 수평선은 세상을 좀 더 너그럽게 바라보라며 등을 토닥여 줄 듯하다. 사람의 감정이 고여 있지 않고 늘 변하듯 자연도 순간순간 다른 모습을 보여 준다. 요란스레 떠벌리지 않고 말없이 감동을 전해주는 자연이라는 책은 일생에 걸려서 봐도 질리지 않는다.

여행은 때론 고행이다. 어느덧 해는 서쪽으로 기울고 힘도 들어 집 프로젝트만 구경하고 돌아가기로 했다. 수십 년 전에 지어진 목조 건물과 이층 가옥, 오래된 골목과 구석구석 낡은 집을 활용해 만든 자그마한 가게들을 보며 일상 속에 녹아 있는 마을 사람들의 예술성을 느낄 수 있었다. 집집이 소품들로 오밀조밀 치장되어 있고 집 안팎으로 꽃을 가꾸는 사람들. 오래된 것과 새것이 서로 밀어내지 않고 같이 어우러진 모습이 보기 좋았다. 그곳에선 골목길을 돌다가 마주치는 낯선 사람들도 반가웠다.

아이의 재롱에 시름 잊고 보낸 날들, 세월이 흘러 어느덧 쑥쑥 자란 아이는 또 나른 기쁨을 준다. 그 시간 속에 아이 안에 늘 당신도 함께 계심을, 함께하며 지켜주심을 신께 감사드린다.

어떤 풍경은 일생을 살아가면서 뒤돌아보았을 때 힘이 되어 주곤 한다는 누군가의 말처럼, 일상에서 스쳐 지나갔던 어느 한 풍경이 삶을 버티게도 하고 때론 큰 힘이 될 때도 있다. 여행은 여유로울 때 하는 것이 아니다. 여행은 나를 새롭게 충전하는 길이다. 지금 내가 있는 곳에서 앞으로 한 걸음 더 나아가기 위해 하는 과감한 투자라는 생각도 든다. 아름다운 추억을 만드는 것만큼 투자 효과가 좋은 것이 또 있을까? 삶의 즐거움이란 보물찾기를 하듯 부지런히 기회를 찾고 미래의 행복을 위해 지금의 행복을 미뤄두지 말고 지금 행복할 수 있는 일을 하는 것이리라.

내 맘속에 반짝이는 바다, 그 안에 여유로운 풍경 한 조각으로 내가 남아 있기를. 기억할게, 함께 했던 소중한 시간들.

8.

동네 한 바퀴

동네를 산책하다가 한 아이를 만났다. 길바닥에 반쯤 엎드리다시피 하고 있어 다가가니 쉿! 하듯 손가락을 입에 댔다. 가까이 가보니 보도블록 틈에 핀 씀바귀 꽃 위에 새끼손톱만 한 벌이 앉아 있었다. 나도 같이 들여다보다가 벌한테 눈을 떼지 않는 그 아이를 두고 일어섰다.

동네를 한 바퀴 도는 방법은 여러 가지다. 하천을 따라 걷다가 징검다리를 건너 둥글게 돌기도 하고, 위로 올라와 연결된 다리를 건너 아파트 단지를 둥글게 돌기도 한다. 다리 한 모퉁이에 커다란 벚나무가 한 그루 있는데. 유난히 큰 벚꽃이 피면 주변이 환하다. 그 꽃 지붕 아래 붕어빵을 파는 아주머니가 있었는데 한여름만 빼곤 늘 장사를 했다. 그런데 올해는 수레도 치워지고 그 자리가 말끔히 비어 있다. 포장마차 앞에 나란히 앉아 담소를 나누던 할머니들도 없다.

처음 이 동네로 이사 왔을 때만 해도 아파트 담장 밑으로 갖가지 꽃들이 피었었다. 설악초, 맨드라미, 접시꽃 등이 해마다 피고 졌다. 그 꽃을 보려고 일부러 그쪽으로 다니기도 했는데, 하나둘 사라지고 대신 타일로 만든 꽃과 나비, 생뚱맞은 물고기 등이 '이야기가 있는 길'이라는 글씨와 함께 담에 붙어 있다. 해마다 다른 꽃이 피고 벌 나비가 날아들던 자연스러운 길을 이렇게 억지스럽게 만든 것은 누구의 생각이었을까? 생명 있는 것과 생명 없는 것, 그 느낌이 얼마나 다른지!

자연은 일 년 단위로 새로 태어난다. 사람이 만든 조형물엔 먼지 쌓이고 색이 바래 낡고 볼품은 없지만 그 형태는 그대로 유지된다.

담장 아래 두툼하게 깔렸던 솔잎마저도 다 긁어내 딱딱한 시멘트 바닥이 드러났다. 언젠가 딸을 만나러 일본에 간 적이 있다. 아이가 머물던 대학 캠퍼스엔 아름드리나무가 많아 어디선가 작은 짐승이라도 한 마리 나올 정도였다. 그때가 5월이었는데, 사람들이 다니는 길 위엔 지난가을 떨어진 낙엽이 그대로 쌓여 있어 걸을 때마다 바삭거리며 소리가 났다. 그 곁으로 봄꽃과 초록 잎들이 어우러진 광경이 참 보기 좋았다.

내 어린 시절엔 방문을 열면 그대로 자연이었다. 대문도 담도 없는 집이어서, 여름이면 풀잎에 맺힌 이슬을 가지고 놀기도 하고, 바람 따라 반짝이는 미루나무 잎을 바라보기도 했다. 굳이 외우지 않아도 자연스레 알게 된 이름들, 달개비와 호박꽃이 둔덕을 뒤덮고 아버지가 가꾸던 댑싸리도 있었다. 저녁을 먹을 때면 평상 주위로 반딧불이 날아다니고, 별들도 낮게 내려와 미루나무 꼭대기 위엔 늘 북두칠성이 있었다.

잡초라고 불리는 것들도 가만히 들여다보면 각각 생김새도 다르고 색도 다르고 움직임도 다르다. 그것에 관심을 가져 보면 나에게 특별하게 다가온다. 포장된 길 중간에 움푹 파인 곳에는 바람이 실어 다 놓은 풀이 자란다. 그 좁은 곳에 클로버가 자리를 잡았다. 새끼손톱만 한 작은 잎이 소복해지더니 앙증스런 꽃도 몇 송이 피었다. 자신의 자리에서 최선을 다해 사는 그 모습이 대견하다. 새소리를 들으며 산책을 하는 소소한 일상에서, 가끔은 멈춰 서서 움직이는 것을 잠시 바라보기도 하고 이름도 불러주는 이들이 많아지면 좋겠다.

혼자 사는 집

길모퉁이를 돌아 해 지는 풍경을 바라보며 집으로 돌아오는 길, 꽃과 벌을 숨죽여 바라보던 아이의 그 순수한 모습이 오래 잊히지 않는다.

9.

베란다 일기 4

- 목화 -

아침이면 으레 베란다로 나가 화분을 살핀다. 올봄에는 어린 시절 외가에서 본 목화 씨앗을 화분에 두어 개 심었다. 어렵게 구한만큼 좋은 흙에 심어야 하는데, 다른 식물이 이미 터를 잡은 귀퉁이에다가 곁방살이를 시켰다.

며칠이 지나 나비처럼 맞붙은 동그란 떡잎이 나왔다. 척박한 땅에 더부살이하느라 작은 키에 줄기도 약했지만, 부지런히 잎을 키웠다. 목화 봉오리는 가장자리가 톱니 같은 삼각형 세 개가 붙은 삼각뿔 모양이다. 그 속이 궁금했지만, 손으로 만지면 떨어질 것만 같아 꾹 참았다.

며칠이 지나고, 점점 커지더니 장미처럼 돌돌 말린 꽃잎이 고개를 내밀었다. 그리고 한나절쯤 활짝 꽃이 피었다. 얇디 얇은 연노랑 꽃잎은 저녁때쯤 꽃 가장자리가 분홍빛을 띠면서 시들하더니 툭하고 떨어져 버렸다. 목화는 향기가 없어 나비나 벌 대신에 바람으로 수정이 된다는데, 꽃잎이 떨어진 자리가 볼록했다. 그러나 달려 있던 씨방은 더 자라지 못하고 그냥 떨어져 버렸다. 목화송이를 기대했던 마음을 접으며 그래도 꽃이라도 본 게 어딘가 그것만으로도 대견했다.

화분들이 깔끔하게 정리되어 있고 싱싱한 화초가 가득한 베란다를 보면 감탄이 절로 나온다. 거기에 들인 주인의 정성이 느껴지기 때문이다. 잘 정리된 화단이 보기 좋지만 난 씨앗을 여기저기 흩어서 뿌린다. 내가 전혀 상관하지 않을 것처럼 저희끼리 휘감고 기대며 살아가도록 말이다. 어쩌면 게으른 나의 변명일지도 모른다. 그러니 우리 집 베란다는 늘 너저분하기 짝이 없다. 화분 하나에 대개 서너 개의 식물이 자란다. 장소가 좁으니 화분 수를 늘리기도 어렵고 키우고 싶은 식물은 많으니, 어쩌랴 비좁아도 어울려 살 밖에. 고향이 다른 식물들이 제멋대로 자라니 조화로움은 찾아볼 수 없다.

베란다라는 제한된 곳에서 자라다가 꽃도 피지 못하고 스러지는 것이 더 많다. 물과 햇빛을 받으며 안간힘을 다했으나 그대로 져버렸을 때 그의 한살이를 뭐라 표현할 수 있을까? 그 속에도 삶의 의미가 있었을까? 씨를 뿌렸다고 다 꽃이 피고 열매 맺는 것은 아니다. 단단한 껍질을 뚫고 나와야 하고 무거운 흙도 밀어 올려야 한다. 용케 밖으로 나와서도 뜨거운 햇볕과 목마름, 달려드는 벌레들과도 맞서야 한다.

비록 목화는 씨를 품지 못했으나 척박한 환경 속에서도 사명을 다하기 위해 필사적인 노력을 했으니 의미 없는 삶은 아니었으리. 하늘이 바로 보이는 너른 땅에서 터 잡고 살 수도 있었을 텐데 나의 이기심으로 좁은 화분 속에 갇혀 뿌리도 맘껏 뻗어보지 못하고 스러져 버린 것들에게 미안하다. 약해 보이지만 절정을 향해 최선을 다하는 꽃들의 한살이에서 내 삶의 의미를 생각한다.

호기심이란 씨앗을 뿌렸으나 장애물을 만나면 주저앉아 버리고, 싹을 틔우려는 꾸준한 노력도 없이 쉽게 포기해 버린 적이 한두 번이 아니다. 더러는 손톱만 한 꽃망울이 달린 것도 있었겠지만, 꽃은 피우지 못하고 스러져 버린 것이 무지기수다. 끝은 또 다른 시작이라는 말로 애써 자신을 합리화시키며 끊임없이 씨앗만 뿌렸다.

호기심으로 시작된 수많은 나의 배움에 대한 도전은 늘 거기까지였다. 첫발만 겨우 떼다가 주저앉은 적이 더 많다. 제대로 잎도 피우지 못하고 사라진 내 안의 씨앗에게 미안하다. 비록 내세울 만한 열매는커녕 꽃봉오리 하나 제대로 만

들지 못한 허약한 모습이지만, 언젠가 꽃필 순간을 믿으며
멈추지는 않으리라.

10.

베란다 일기 5
- 꽃과 민달팽이 -

아마릴리스가 꽃대를 올렸다. 한동안 꽃 대신 잎만 키우더니 올해는 봄이 되자마자 마치 마술처럼 굵은 꽃대가 불쑥 솟아온 것이다. 반가운 마음에 꽃을 기다렸다. 금방 피울 줄 알았던 꽃은 봉오리가 도도록해지는데도 며칠이 걸리고 봉오리가 터지는데 또 서너 날이 걸렸다. 터진 틈으로 보니 머리를 맞댄 쌍둥이가 들어있었다. 그 머리가 틈을 비집고 다 나올 때까지 또 사나흘이 흘렀다. 쌍둥이라 더 힘든 것 같아 지켜보는 나도 덩달아 힘이 들었다.

드디어 봉긋한 꽃봉오리 두 개가 모습을 드러냈다. 그 모습을 보며 꽃피는 과정이 마치 출산 과정 같다는 생각이 들었다. 봉오리가 터지고 밖으로 나올 때 살이 찢어지는 아픔에 비명도 질렀으리라.

조금씩 벙그는 꽃봉오리가 활짝 쐬기를 기다리는데 같은 화분에 있는 독일붓꽃도 출산 준비를 하고 있었다. 서로 방해되지 않게 정리하려다 한창 벙근 봉오리를 건드려 하나가 툭 떨어지고 말았다. 옛 어른들이 한 지붕 아래서 같이 출산하는 건 아니라더니 이런 불상사가 난 것이다. 떨어진 꽃봉오리를 다시 붙일 수는 없기에 물병에 담가두었다.

드디어 꽃이 활짝 피었다. 분홍과 흰색이 섞인 나팔처럼 생긴 꽃은 크기가 내 손바닥만 했다. 물병에 꽂아 둔 것도 활짝 피었다. 저희끼리 알아서 하게 놔두었으면 제대로 피었을 텐데 섣부른 내 판단으로 이런 불상사가 생긴 것이다. 못 본 척할 걸 후회도 되고 떨어져서 활짝 핀 꽃에 미안했다.

붓꽃은 채 피기도 전에 꽃봉오리 옆면이 뭔가에 푹 패였다. 저녁때 블라인드를 내리려고 베란다에 나갔다가 꽃대를 기어오르는 민달팽이를 만났다. 서로 눈이 마주친 순간 녀석이 흠칫 놀라는 듯했다. 얇은 꽃잎을 야금야금 갉은 범인이 바로 너였구나 하며 집게로 잡으려고 서둘다 보니 잡히진 않고 툭 떨어졌는데 어스름한 저녁이라 잘 보이지 않았다. 화난 마음에 꼭 잡고야 말겠다는 오기가 생겨났다. 언젠가 꽃집아저씨가 알려 준 민달팽이 퇴치법이 생각나 오일장에서 4개 남은 오이를 샀다. 도톰하게 썬 오이를 화분 흙 위에 몇 개 올려놓았다. 다른 화분에도 썬 오이를 미끼로 올려

났다. 이 기회에 밤이면 슬금슬금 나타나는 민달팽이를 모조리 잡아버리겠다는 결심까지 하며 미끼 물기를 기다렸다.

한 시간쯤 후에 나가서 오이를 뒤집어 보니 작은 새끼들만 박혀 있었다. 조금 더 시간을 두고 들락거리며 여러 마리를 더 잡았다.

수국잎을 갉아 먹고 화초 잎마다 침 발라놓은 듯 흔적을 남겨도 그러려니 했었다. 민달팽이뿐 아니라 개미도 살고 가끔 진딧물과 땅 파리가 보여도 별 대응을 하지 않았다. 요즘은 저녁이면 정체 모를 벌레가 운다. 그 소리가 귀에 거슬릴 만큼은 아니라서 그냥 두고 있다. 한 공간에 살아도 서로에게 심한 피해만 주지 않는다면 어울려 사는 것도 나쁘지 않다고 생각했는데, 채 피지 않은 여린 꽃봉오리를 갉은 것이 미워 대대적인 소탕 작전으로 많은 민달팽이가 사라졌다.

아마릴리스꽃이 피는 과정을 지켜보며 탄생의 신비에 기뻐했던 내가 몇 시간도 지나지 않아 꽃봉오리를 갉은 민달팽이 한 마리에게 분노하며 벌인 일로 많은 생명을 빼앗았다. 정작 꽃잎을 갉힌 붓꽃은 그 상처 그대로 활짝 꽃을 피웠다. 꽃과 민달팽이와 개미와 진딧물 등 자연스럽게 살아가는 그 세상을 나는 좁은 눈으로만 바라보고 마음대로 휘저었다. 내가 떨어뜨린 꽃봉오리 때문에 하나만 피었던 아마릴리스

혼자 사는 집

는 꽃진 자리에 통통하게 씨방을 키우고 있다.

붓꽃마저 진 베란다는 아무 일도 없었던 듯 평온하다. 저 화분 어디에 민달팽이 새끼들도 자라고 있을 것이라 믿는다.

11.

베란다 일기 6

- 씨앗 갈무리 -

계절이 바뀌고 있음을 아는 걸까? 결실을 보기 위해 온 힘을 다하는 것들이 대견하다. 지나는 길에 튼튼한 꽃이 보이면 꽃씨를 받는다. 분꽃은 색깔별로 골고루 받고, 금잔화 씨도 챙겼다. 받은 씨를 상자 안에 넣다가 문득 작년 추석 때 만항마을에서 받아온 꽃씨 생각이 났다. 가방을 열어보니 그대로 들어 있다. 상자 안에 옮기려 하니 어떤 것은 마치 날개를 단 것처럼 풀풀 난다. 저렇게 훨훨 날다가 안착한 곳에서 싹을 틔워야 했을 텐데 캄캄한 주머니 안에서 얼마나 답답했을까? 나의 욕심으로 죄 없이 갇혀 산 꽃씨에 미안하다. 상자 안에는 여러 가지 꽃씨가 마구 섞여 있다. 만약에 씨앗들이 말을 한다면 서로 어디서 왔느냐고 인사를 나눌까, 아

　　　　　　　　　　　　　　혼자 사는 집

니면 넓은 바깥세상을 그리워하며 나를 원망할까? 손바닥에 분꽃 씨 하나를 올려 본다. 뜨거웠던 여름 농안 단단한 꿈을 맺었다. 올해 처음 심은 목화는 꼬투리가 딱 하나 달렸다. 부디 떨어지지 말고 하얀 솜을 보여줬으면 좋겠다.

바람에 솔방울이 툭툭 떨어진다. 더러는 흙에 떨어지고 더러는 도로에 '딱'하고 떨어지기도 한다. 그 모습을 보니 아플 것도 같고 콘크리트 바닥에선 싹도 틔우지 못할 것 같아 발끝으로 톡 차서 나무 밑으로 옮겨줬다. 저 딱딱한 씨앗 속에 뿌리, 가지, 잎 등이 들어 있어 흙과 햇볕, 비를 만나 적당한 조건이 되면 싹을 내고 큰 나무로 자랄 것이다. 작은 솔방울 하나를 주워 베란다 씨앗 상자에 넣었다.

물빛 그리움

금명숙 수필집

4부

그 바람 어디쯤

1.

바다와 소나무

하루가 꿈결 같다. 모처럼 쐬는 바닷바람에 정신까지 맑아 진다. 넓은 갯벌이 끝없이 펼쳐지고 그곳에는 수많은 게와 찡뚱어가 기어다닌다. 바다는 참 많은 것들을 품고 있다. 긴 그림자를 끌며 해가 진다. 순간, 바다는 황금빛으로 물들어 그 황홀함에 말을 잃는다. 이렇게 아름다운 곳에 내기 서 있다니! 감사의 기도가 절로 나온다.

호 선생님의 초대로 꿈에도 생각지 않던 신안 증도에 왔다. 바다처럼 넉넉한 마음을 지니신 그분은 여든이 훌쩍 넘은 연세에도 늘 절도 있고 반듯한 모습이시다. 6·25 때 학도병으로 바다에서 나라를 위해 싸우셨고 그 공로를 인정

받아 무공훈장까지 받으셨다. 밤바다 위에서 고향과 어머니를 그리며 담배 종이와 전보용 지에 쓴 일기가 삽교천 함상 공원에 전시되어 있다. 선생님 덕분에 그곳을 구경할 기회도 있었다.

오랜 시간 소금에 대한 연구로 갖가지 특허도 많으시다. 사업도 잘 키워내면서 형제들도 모두 같은 사업을 하고 있단다. 형제간이 어쩜 그리 닮았는지, 동생인 영진염업사 사장님의 마음도 바다처럼 넉넉해 보였다.

선생님은 연세보다 감각이 있으시다. 귀가 잘 들리지 않아 언젠가 필담을 신청했더니 선뜻 응해 주시고, 사진을 찍을 때면 익살스러운 자세까지 취해주시며 특유의 호탕한 웃음을 껄껄 웃으셨다. 만나는 분마다 일일이 인사를 나누시고 그 사람의 작품까지 다 기억하시는 분이시다.

일생을 바다와 함께 사셨다 해도 과언이 아닌 그분은 바다와 많이 닮았다. 너른 품이 그렇고 많은 것을 아낌없이 나누는 것도 그렇다. 높은 연세와는 상관없이 글공부를 시작하여 젊은이 못지않은 열정으로 등단의 소망까지 이루셨다. 살아오면서 겪은 숱한 경험에서 우러나오는 당당함과 젊은이들과의 세대 차이가 느껴지지 않는 최고 연장자의 풍모에 존경심이 절로 솟는다.

아침 해변을 걷는다. 밤새 철썩이던 바닷물이 멀리 놀러

간 곳에 물무늬가 가득하다. 그 긴 해변을 따라 소나무 길이 있다. 발길을 돌려 소나무 길로 들어서니 길게 뻗은 가지가 바람에 흔들려 솔향을 풍긴다. 언제나 푸름으로 풍상에 지쳐 잎과 가지가 망가져도 뿌리만은 튼튼한 생명력으로 의연히 서 있는 나무. 언젠가 함께 한 여행길에서 선생님께서 소나무를 가리키며

"저 소나무 좀 봐, 멋지지? 나는 소나무가 참 좋아." 하셨다.

나이 듦과 상관없이 나눔과 베풂의 향기를 풍기며 사시는 모습이 소나무처럼 느껴진다. 무언가를 나누는 일은 나누는 이도 나누어 받는 이도 행복하게 한다. 관계를, 사람을, 일상의 순간을 소중히 여기는 마음은 서로에게 아주 따뜻한 선물이 된다. 환한 햇살같이 비춰주고 샘처럼 목을 축여 준다.

나도 그런 마음을 따라갈 수 있을까? 얼굴 마주칠 때마다 환하게 웃는 모습, 바다와 소나무를 닮은 선생님의 호탕한 웃음소리를 오래오래 듣고 싶다.

그 바람 어디쯤

숲의 소리

　상점마다 크게 틀어놓은 시끄러운 음악이며 한밤에도 들리는 자동차의 급브레이크 밟는 소리가 여전하다. 벗어나기 어려운 도시의 소음에 지쳐갈 때쯤, '아침 물안개와 옹달샘, 군불을 지핀 너와집에서의 하룻밤'을 담은 세미나 안내장이 마음을 끌어당겼다. 잠시나마 이 시끄러운 도시를 벗어날 수 있다는 생각으로 설레기까지 했다.

　떠나는 날에 비가 내렸다. 뿌연 세상 속, 구불구불 휘어져 느리게 가야 하는 길이 마음에 여유를 주었다. 차창에 흐르는 빗줄기 사이로 보이는 세상은 마치 물이 번진 수채화 같았다. 휘어졌다 펴기를 반복하는 길을 몇 구비 돌았을까, 나른한 시선 속에 멀리 섶다리가 보였다. 반가운 맘에 잠시 차에서 내려 다리 위를 걸어 보고 다시 산과 강을 돌고 돌아 저기에도 길이 있을까 싶은 곳을 한참 더 올라가니 그 길 끝에 목적지가 있었다.

처음 발을 디뎌보는 마을, 촌스러웠다. 그러나 그 느낌은 그립고 소중한 것을 떠올리게 했다. 주인 내외가 직접 공을 들여지었다는 흙집은 자연에서 얻은 재료만을 사용해서 그런지 주변 풍경과 잘 어울렸다. 잠시 툇마루에 앉아 비 내리는 마당을 바라보며 평화로움을 즐겼다. 나직하게 들려오는 낙숫물 소리에 나른해지는 마음을 가까스로 추스르고 너와로 지붕을 얹은 정자에 둘러앉았다. 강사님은 '환경과 문학'이란 주제로 열띤 강의를 하셨지만, 얼마 가지 않아 나뭇잎에 떨어지는 빗소리와 계곡물 소리에 그 목소리는 점점 아련하게 멀어져 가고, 자연의 소리는 천천히 내 귀를 채우고 마음을 채우고 온몸의 마디마디로 전해져 또 다른 강의를 하기 시작했다.

어둠이 깔리는 산막의 저녁, 산야에 지천으로 돋아난 나물과 숯불에 구운 고기로 맛있게 저녁을 먹었다. 얼굴을 맞대고 숟가락과 술잔을 부딪치며 권커니 잣거니 나누는 정, 산나물에 담긴 생명력 덕분인지 몸이 점점 가뿐해지는 느낌이었다. 깊어가는 이야기만큼 짙어지는 어둠은 마음속에 묻혀

그 바람 어디쯤

있던 정감을 하나둘 깨어나게 했다. 필요 없는 모든 것을 묻어 주고 빛이 없어두 느낄 수 있는 정으로 이어주었다.

우리는 함께 어우러졌다. 비가 내린 탓에 하늘의 별을 볼 수 없어 아쉬웠지만, 맘속의 별을 세며 노래를 부르고 춤을 추며 한바탕 웃음으로 추억거리를 만들었다. 살면서 이렇게 행복한 순간을 몇 번이나 만날 수 있을까? 흐뭇한 마음과 온기가 산자락에 깔린 안개처럼 가슴에 번졌다.

점점 밤은 깊어가고 그제야 하루를 휘젓고 되돌아온 피로가 몰려왔다. 방에 들어가니 초저녁에 지핀 장작불의 온기가 아직 그대로 남아 있었다. 피로는 최고의 베개라지만, 낯선 잠자리인 데다가 짝을 찾는지 밤새 울어대는 산새 소리 때문에 쉬이 잠들지 못했다.

잠을 설쳤는데도 새벽녘에 저절로 눈이 떠졌다. 방문을 여니 비는 개었지만, 촉촉한 기운과 나무의 호흡으로 상큼한 숲의 향기가 코끝에 감겨들었다. 산을 바라보기만 해도 몸 구석구석 맑은 피가 돈다는데, 산속에 있으니 몸과 마음이 싱싱하게 살아나는 느낌이었다.

일찍 일어난 몇 사람과 앞서거니 뒤서거니 하며 산책을 나섰다. 콸콸 흘러내리는 계곡 물소리, 잎사귀에 매달렸던 빗방울이 떨어지는 소리, 맑고 고운 새 소리 등 일상 속에서 잃어버렸던 자연의 소리를 음미하며 산길을 걸었다. 한껏 물을 머금어 숲을 더욱더 푸르게 하는 이끼, 구불구불한 숲길,

그 길을 걷고 있는 나, 그리고 몇 사람….

길가 바위틈에 핀 풀꽃 한 송이가 눈에 들어왔다. 잎 둘에 딱 꽃 하나 매단 그 모습이 욕심 없이 천진하게 보였다. 물기 없는 그곳에 뿌리를 내리고 꽃을 피운 모습이 대견하기까지 했다. 제자리에서 제 몫을 다하는 아름다운 모습이다.

잠시 나뭇둥걸에 걸터앉아 눈을 감고 숲의 소리에 귀를 기울였다. 튼실하게 몸피를 키우는 소리, 온갖 생명을 품어 안는 소리, 그 소리가 내 몸을 가볍고 맑게 해주는 것 같았다. 그것은 영원한 생명의 소리, 내게서도 나야 할 소리였다. 나는 마음을 열고 온몸 가득 그 소리를 담았다.

3.
깊은 우물은 못되더라도

　무엇을 끝까지 해 본 적이 없다. 공부를 죽도록 해 본 적도 없고 끝장나게 놀아 본 적도 없다. 눈에 띄게 잘하는 것도 없고 한 곳에 깊게 몰두한 적도 없다. 뭐든 한 우물을 파야 성공한다는데 호기심은 많지만, 인내심이 부족한 나는 이곳저곳 파 보다가, 안되면 말고 하며 다른 곳으로 눈을 돌린다. 그렇게 파다 만 우물이 여러 곳에 있다.

　그 우물 파기의 시작은 중학교 때 책을 보고 따라 만든 패치워크다. 아버지의 낡은 와이셔츠를 네모로 잘라 바둑판처럼 이어 붙여 첫 작품을 만들었다. 서툰 바느질로 볼품이 없었는데도 엄마는 그것을 버리지 않고 한동안 상보로 썼다. 여러 가지를 만들어 보고 싶었지만, 그럴 여건이 되지 않아 포기하고 살았다.

결혼하고 근처 복지관에서 하는 강좌를 보고 맘속에 눌러 두었던 것들이 되살아나 다시 우물을 파기 시작했다. 등나무로 바구니를 엮고 등가구도 만들었는데 사포질할 때 나는 소리를 견디지 못해 그만두고, 동양 매듭은 기법만 배우다 어려워서 접었다. 헌 옷으로 만든 봉제 인형은 조금 길게 배워서인지 딸아이가 늘 안고 다녔다. 그 밖에도 스텐실, 종이접기, 클레이 아트, 퀼트 등 눈에 띄는 것마다 조금씩 손을 댔다.

가장 최근에 파던 우물은 서양 자수다. 단기 강좌로 재능 기부를 해 주신다는 분이 있어서 시작했다. 첫날은 어려웠지만, 그다음부턴 이해도 되고 재미있었다. 손끝에서 빛깔 다른 꽃이 한 송이씩 필 때마다 나도 할 수 있다는 생각에 뿌듯했다. 썩 잘하진 못하지만 다른 이들과 비슷하게 보조를 맞출 수 있었다. 그렇게 바늘을 잡으면 시간 가는 줄 모르고 한동안 빠져 지냈다.

새로운 것을 보면 호기심이 동하고 일단 먼저 저질러 본다. 그걸 배우면서 머리로는 응용할 방법을 찾는다. 거기에 머물러 있다 보면 연결된 다른 줄기가 보인다. 그것에 대한 호기심으로 또 다른 우물 자리를 찾는다. 잘하고 싶지만, 아니 잘하지는 못해도 끊임없이 뭔가 찾는 것은 아마 젊은 시절, 어려운 형편 때문에 못 파본 것들에 대한 갈증인지도 모른다.

파고 있는 우물은 또 있다. 자서전 쓰기 강좌를 보고 시작한 글쓰기와 남편의 권유로 시작했던 캘리그라피, 사라져 가는 정겨운 골목길을 그리는 스케치 등 아직 포기하지 않고 있지만, 물줄기조차 보이지 않는다.

인내심 부족한 내가 지금까지 포기하지 않은 것은 어쩌면 그 과정에서 만난 사람들 때문인지도 모른다. 새로운 것과 관심거리를 찾아 자꾸 돌아다니는 길에서 새로운 인연을 만난다. 공동 관심을 가진 사람은 금방 친해진다. 그들과 함께 공유하는 삶도 즐거움이다.

파다 만 우물을 적어 놓고 보니 꾸준하지 못한 내 모습이 부끄럽기도 하다. 한 곳이라도 진득하게 팠다면 지금 내 자리는 달라졌을지도 모른다. 난 왜 집중을 못 하고 금방 싫증을 내는 것일까? 타고난 성격 때문인지 아니면 온전히 몰두할 수 있는 것을 만나지 못한 것인지, 잘 모르겠다. 작심삼일이라는데, 그것도 자꾸 반복하다 보면 습관이 되어 익숙해지려나?

문학과 함께한 세월이 어언 20여 년이다. 이제는 문학만이라도 끝까지 파보리라 다짐해 본다. 깊은 우물은 못 되더라도 작은 물줄기라도 볼 수 있기를! 안 되면 말고.

4.

차마 버리지 못하고

집을 수리했다. 물건을 이리저리 옮겨가며 공사를 해서 정리할 것이 많았다. 이참에 자리를 차지하는 책상과 책꽂이를 버리려고 책을 다 꺼내고 서랍도 쏟아 놓았다. 수북한 책이며 자잘한 문구를 치우다가 책상 밑에서 오래된 일기장을 보았다. 대여섯 권, 아들의 초등학교 일기장과 훈련소에서 쓴 노트, 그리고 여행길에서 느낀 것을 드문드문 적어 놓은 비망록이었다.

치우는 일은 뒷전으로 미뤄두고 삐뚤빼뚤 쓴 그림 일기장을 보며 혼자 웃다가, 훈련소에서 쓴 글을 읽고는 눈시울을 적셨다. 수북이 쌓인 드로잉 북은 아들의 손때가 묻어 있어 차마 버리지 못하고 다시 차곡차곡 쌓아두었다.

딸이 쓰던 방에는 책꽂이 가득 문서철이 꽂혀 있다. 중요한 것인지 몰라 이제껏 그냥 뒀는데 버려도 된다기에 그것도 다 꺼냈다. 일기도, 금전출납부도, 각종 리포트들과 공부방 자료, 방송 원고 등 잡다한 것들이다. 무심히 버릴 수가 없어 짐짓 넘겨가다 보니, 아이들이 참 열심히 산다는 걸 새삼 깨닫게 된다.

타국에 있는 딸은 올해 또 다른 공부를 시작했단다. 뭐든 시작하면 해내고야 마는 성격이라 어려운 공부가 끝나면 더 나은 미래가 있을 거라 믿는다. 꿈을 잃지 않으면 언젠간 원하는 그 자리에 설 수 있을 것이라는 것도.

도전적인 딸과 달리 변화에 낯설어하는 아들은 오로지 제가 좋아하는 일만 열심히 한다. 누나보다 공부도 설렁설렁하는 것 같은데 결과는 늘 좋게 나온다. 대학도, 취직도 별어려움 없이 풀렸다. 얼마 전에는 공모전에 당선되어 부상으로 한 달간 외국에 인턴십을 가게 되었다. 날짜가 당겨져아마 올해 안으로 떠날 것 같다.

아이들이 꿈을 위해 더 큰 세상으로 나가는 건 좋은 일이지만, 둘 다 자주 볼 수 없다고 생각하니 쓸쓸해진다. 그러나그런 아이들 덕분에, 일에만 몰두해 대화가 별로 없던 남편이 말이 많아졌다. 부모는 자식이 잘될 때가 가장 행복한 것이라며 아들을 바라보는 눈길이 흐뭇해 보인다.

아들이 휴직 신청을 하려 하니 남편은 사직서를 내고 가라고 한다. 돌아올 곳을 남겨두면 미련이 생긴다나. 이왕 나간 김에 돌아올 생각 말고 거기서 살 생각을 하라며 반복하는데, 아들은 짜증도 내지 않고 묵묵히 들어주고 있다.

부자 관계가 처음부터 좋았던 건 아니다. 남편은 딸에게는 관대하게 대하면서도 아들에겐 엄하게 했다. 그래서인지 둘의 사이는 자꾸 멀어졌다. 아들이 중학생이 되자 더 심해졌다. 보다 못해 둘만의 여행을 제안했다. 남편은 흔쾌히 받아들였는데, 아들은 아니었나 보다. 아무튼 그렇게 둘은 유럽으로 여행을 떠났다.

20여 일의 여행을 마치고 돌아왔는데 함께 다니며 많이 다퉜단다. 그래도 둘 사이가 좁혀졌는지 얼마 지나지 않아 또 중국으로 여행을 간다고 나섰다. 그 후 남편이 아이를 대하는 태도도 달라지고 아들 녀석도 아빠와 친구처럼 대하는 게, 조금은 편해진 것 같았다. 지금은 가끔 남편 때문에 내가 속상해 하면 그래도 제일 힘든 사람이 아빠라며 편을 들고 그 마음마저 헤아리는 걸 보면 제법 어른이 된 것 같다. 그런 아들에게 한 달 동안 혼자 외국 생활을 해야 하는 소감을 묻자 설렘 반 두려움 반이란다.

떠난다는 것은 소중한 설렘이다. 새롭게 발 디딜 그곳에서 일상이 아닌 것들을 만나게 되고 낯선 이들을 만나게 되리라. 익숙한 것과 길든 것들을 떠나 낯선 세상에서 겪을지도 모를 실망과 두려움. 때론 시행착오를 겪으며 힘든 과정을 건디고 나면 ㄱ것이 오히려 인생을 풍요롭게 해줄지도 모른다. 떠나는 그 한 걸음이 인생의 발판으로 이어질지도 모를 일이다.

아들이 출국하기 전에 셋이 여행이라도 다녀올 생각이다. 그 여행을 통해 가족의 사랑이 더 끈끈해지리라 믿는다. 사랑한다는 것은 서로의 말에 귀 기울여 주고 함께 더 넓은 세상을 바라보고 지켜봐 주는 것이리라. 그 사랑의 힘으로 아들이 타국에서의 낯섦도 잘 극복할 수 있겠지.

닳아버린 몽당연필이며 반쯤 짠 물감, 딸의 편지, 머리끈 등, 잡다한 것을 차마 버리지 못하고 다시 상자에 담는다.

5.

골목길을 걷다

　올해부터 성당 사회복지 활동을 시작했다. 두 명이 짝이되어 몸이 불편하거나 생활이 어려운 어르신들을 한 달에 한번 찾아뵙고 소정의 지원금과 물품을 전달하고 안부를 살피는 일이다. 그분들이 사는 곳은 대개 경사가 지거나 차가 들어갈 수 없는 좁은 골목길이다. 화려한 건물과 반듯한 도로에 가려진 구불구불한 골목을 돌아가면 지나간 시간만큼 빛바랜 낡은 건물이 나타난다. 세월의 더께와 주름을 온몸에새기고 있는 집들. 골목에 들어서면 양쪽으로 집들이 쭉 이어져 있다. 우리가 지나갈 때면 대문 안에서 개들이 요란하게 짖는다. 사람의 기척보다 개 짖는 소리가 더 가득한 그 골목 깊숙한 곳에 할머니 한 분이 사신다.

코로나19 바이러스로 일상이 거의 멈춰 버렸지만, 차츰 진정되는 것 같아 가라앉은 분위기도 바꿀 겸 둘이서 꽃무늬 이불 세트를 맞들고 할머니 댁을 찾았다. 지붕을 반쯤 덮은 나무에 목련이 가득 피어, 마치 하얀 새들이 내려앉은 듯 눈을 뗄 수 없었다. 낡은 집이 그렇게 근사해 보일 수 있다니! 나는 꽃이 피기 전에는 그 나무의 존재를 깨닫지 못했다. 목련 나무 아래서 꽃 이불을 드리며 장에 넣어 두지 말고 꼭 사용하시라고 당부를 했다.

달이 바뀌어 다시 할머니를 만나러 갔다. 그사이 목련은 지고 마당엔 각종 스티로폼 상자와 화분 등에 채소가 자라고 있었다. 고추, 가지, 쑥갓 등 골고루 있었다. 노란 꽃을 피운 유채 서너 포기가 마당을 환하게 했다. 할머니는 요즘 이것들 키우는 재미로 산다며 어제도 시장에서 상추 모종을 사와 심었다고 자랑을 하셨다. 처음으로 방에도 들어가 봤는데, 지난번 갖다 드린 꽃 이불은 보이지 않고 한쪽이 푹 꺼진 매트리스만 눈에 들어왔다. 다음에 올 때 키운 채소를 나눠 주겠노라는 할머니와 작별하고 돌아오면서 나중에 이 골목을 한번 끝까지 걸어봐야겠다고 생각했다. 할머니네 담장 곁으로 길이 있는 걸 보았기 때문이다.

천안으로 이사 왔을 때는 성당이 다른 곳에 있었다. 그 성당 가는 길은 큰길로 가도 되지만 신호등 때문에 흐름이 끊기고 시끄러웠다. 그래서 건물 뒷길로 가봤는데, 거기도 상점들이 많아 사람과 차가 섞여 더 복잡했다.

어느 일요일 성당을 나서는데 맞은편 건물 사이로 좁은 오르막길이 보였다. 오르막을 오르니 좁은 길로 이어져 한 굽이를 도니 조금 넓은 곳이 나오고 평상도 있었다. 낮게 엎드린 고만고만한 집 앞에는 플라스틱 화분과 스티로폼 상자에 채소가 자라고 있었다. 모퉁이를 돌면 뭐가 있을까 하며 걸었더니 심심하지 않고 좋았다. 그 길은 또 다른 길로 이어져서 후박나무도 만나고 작은 텃밭도 만났다. 여름에는 열린 문에 늘어뜨린 빛바랜 발 사이로 집 안 풍경이 보일 때도 있고, 평상에 앉아 담소를 나누며 푸성귀를 다듬는 할머니들도 만났다.

그 길이 이어준 동네에 언제부턴지 붉은 글씨로 철거라고 썩힌 빈집이 늘더니 쓰레기가 쌓이고 인적도 없어서 거의 가지 않았다. 가끔 근처를 지날 때면 나도 모르게 그쪽으로 발길이 갈 때가 있다. 반쯤 무너진 집 마당에 노랗게 핀 산수유를 보면 마음이 찡했다. 집이 사라지면 저 나무는 어디로 갈까? 부디 베어 버리지 않기를 빌었다. 목련이 있는 할머니가 사는 동네 골목은 어디로 이어지는지, 더워지기 전에 마음먹고 천천히 걸어봐야겠다.

6.
잔치는 끝났지만

잔치는 끝났다. 흥겨운 가락에 취해 한바탕 신명 나게 놀아보고 싶었는데 마음처럼 몸이 따라주지를 않았다. 춤이 끝난 뒤, 아쉬움에 자꾸만 무대를 돌아보며 그래도 잘했다고 서로 위로했다.

천안의 가을 잔치인 홍타령 축제에 내가 속해 있는 단체가 참가하기로 했다는 말을 듣고 걱정이 앞섰다. 늘어나는 뱃살을 줄여보자며 밸리댄스를 한다는 것이다. 목구멍까지 차오른, 나는 못하겠다는 말을 꿀꺽 삼킨 것은 나 혼자만의 공연이 아니라 여럿이 함께하는 공연이었기 때문이다. 다행히 창작무용극을 하기로 변경이 되어 사람들 앞에서 배를 보이지 않게 되어 적이 안심되었다. 참가의 목적은 우리뿐만 아

니라 다른 나라에서 이곳으로 시집온 여성들과 함께 화합의
한마당을 보여준다는 것이다.

　늘 머리만 굴리고 살다가 온몸을 쓰려니 처음에는 손짓 발
짓만 연습하는데도 한 시간이 채 못되어 녹초가 되어 버렸
다. 그러나 마음먹은 대로 안 되어도 배우려 노력하는 그 자
체에 의미를 두자는 생각으로 열심히 했다. 공연이 가까워
지자 연습시간도 늘어났고 이민족 여성들도 함께 연습을 시
작했다. 우리말이 서툰 젊은 엄마들이었기에 어린아이들을
데리고 오는 바람에 연습장은 늘 북적거렸다. 무용극이라
춤 외에 연기까지 부분별로 연습했다.
　극 내용이 재미있었다. 천안으로 시집온 외국인 며느리가
임신해서 아이를 낳는데 아이가 아니라 호두가 나온다는 이
야기였다. 신부 역으로 출연한 산토나는 네팔여성으로, 이
국적인 이름다움과 전통적인 사리를 입어 많은 박수를 받았
다. 천안의 특산물을 담은 바구니를 들고 참가한, 동남아며
중국, 일본에서 온 이들도 자기 나라의 전통복장을 입고 함
께 연습했다. 한국인 남편들도 따라와 아이를 돌봐주는 모
습이 바라보는 이들의 마음을 흐뭇하게 만들었다.
　그렇게 땀으로 얼룩진 시간만큼, 불가능해 보이기만 하던
것들이 차츰 익숙해져 갔다. 단원들이 주부들과 직장인들이
섞여 있어서 연습시간도 충분하지 못했고 다 함께 모이기도
어려웠지만 우린 본선무대까지 서 보았다. 그 힘의 원천이

바로 정이 아니었을까?

    춤 연습을 하기 전에는 한 달에 한 번 월례회 때만 서로 얼굴을 볼 수 있었기에 늘 서먹함이 있었는데 연습을 하느라 한 달여를 매일 만나다시피 하는 동안 서로에 대한 정이 두터워졌나 보다. 함께하는 시간이 늘어날수록 음료수며 간식들을 챙겨와 나눠 먹기도 하고 공연 때는 서로 머리 모양도 만져주고 얼굴 분장을 손봐주는 돈독한 사이로 변했다. 서로 챙겨주는 몸짓 속에서 사람의 마음을 움직이는 따뜻함을 보았다.

    나눔은 우리가 가진 것을 나눠주는 게 아니라 서로 가진 것을 함께하는 것이라는 말이 있다. 한국말이 서툰 그녀들과도 말로는 전할 수 없었던 마음을, 눈빛으로 몸짓으로 나누며 커다란 기쁨을 맛보았다. 예선을 통과했을 때 어린아이처럼 기뻐하던 모습과 본선을 끝내고 서운함에 눈물 흘리던 그녀들의 순수함이 기억에 남는다.

    깨달음은 관조나 묵상에서 오기도 하지만 체험을 통해서 느낄 수 있다는 걸 알았다. 마음이 달라지면 눈에 비치는 것도 달라 보이고, 상대를 향해 마음 문을 여니 서로 비슷한 처지임을 발견할 수 있었다. 또, 타성에 젖은 삶에서 벗어나 활력을 되찾는 일은 자신만이 할 수 있으며 변하기를 바란다면 용기가 필요하다는 것도, 온 힘을 다한 것은 끝난 뒤에 더 큰 아름다운 추억으로 우리를 빛나게 해준다는 것을 이번 일을 통해 깨달았다.

잔치는 끝났지만, 그 여운은 오래오래 모두의 마음속에 행복함으로 남아 있으리라.

7.
분명, 무언가를 꿈꾸고 있을 것이다

처음 그녀를 알게 된 건 인터넷을 통해서였다. 모 사이트에 올린 내 글을 읽고 메일을 보내왔다. 처음엔 서로를 20대로 생각했던 우리는 젊은이가 아니라는 해명성 메일로 더 가까워졌다. 나보다 두 살 아래인 그녀는 독신으로, 중학교에서 과학을 가르치는 선생님이다.

그녀와의 첫 만남은 온통 꽃으로 가득하던 봄날이었다. 출발한다는 연락 후 휴대전화가 없는 그녀를 터미널에서 마냥 기다리고 있었다. 한참 후에야 연락이 됐는데, 내 번호를 잊어버려 백화점 안내데스크에 사정하여 메일함을 열어 번호를 찾았단다.

동그란 얼굴에 웃음 가득한 그녀는 통통하고 귀여웠다. 첫 만남이었지만 그동안 나눈 이야기 덕분에 금방 친해졌다. 점심을 먹고 꽃구경하고 싶다는 그녀와 벚꽃이 만발한 근처 학교로 갔다. 분홍구름처럼 가득 핀 꽃을 보며 그녀는 무척 행복해했다. 여태 이런 벚꽃은 본 적이 없단다. 꽃길을 걸으며 살아온 이야기, 어울려 살아가는 것들에 대해 이야기를 나눴다. 그렇게 짧은 만남만큼이나 시간은 빠르게 지났고 아쉬운 작별을 했다.

몇 달 후, 서천에 있는 학교에 이른 아침 수업이 있어서 가야 하는 데 차편이 마땅하지 않다며 하루 재워 줄 수 있느냐고 해서 흔쾌히 오라고 했다. 그날 우린 더 많은 이야기를 나누고 밥도 잠도 함께했다. 유쾌한 그녀를 아이들도 좋아했다.

아이들과 과학 실험을 하고 수업하는 시간이 제일 행복하나는 그녀의 일상이 궁금했다. 그 행복은 단지 교실 안에만 머물지 않았나 보다. 방학이면 그녀는 짐을 꾸렸다. 배낭을 메고 비행기에 올랐다. 동티모르, 캄보디아, 인도네시아 등 교육 환경이 열악한 나라의 아이들을 만나러 가는 것이다. 차와 휴대전화가 없는 이유는 최대한 절약하여 모은 돈으로 여행을 가는데, 숙식 문제는 도움을 받을 수 있는 단체와 그곳 한인회를 통해 해결하고 그 경비로 학용품과 과학 실험 교재를 준비해서 그 나라의 수업도 참관하고 때론 함께 참여도 한단다. 낯선 언어 속에서도 스스럼없이 아이들에게 다

그 바람 어디쯤

가가는 붙임성과 특유의 유머로 그곳에서 수업도 웃음으로 가득했을 것이다.

여행을 많이 다니던 그녀는 친화력도 대단하다. 비행기에서 만난 이들과 인사를 주고받으며 친구가 되었다는 말에 감탄했더니 외국인과 대화는 중학교 영어 수준이면 충분하고 손짓발짓으로도 의사소통이 된다고 한다. 실제로 비행기에서 처음 만난 이의 집에서 숙식을 해결한 적도 있다는 것이다. 여행지에서 사진을 찍어주다가 만난 분들과 친해져 지금까지 좋은 만남과 도움을 주고받고 있다는 이야기에서 순간의 만남도 소홀히 하지 않는 그녀의 모습을 엿볼 수 있었다.

돌아오는 겨울에 동티모르에 간다고 한다. 그전에도 다녀온 곳이지만 자꾸만 그곳 아이들이 눈에 밟혀 다른 선생님 한 분과 동행한다는 것이다. 배고픔이 얼마나 견디기 어려운지 체험한 나라, 그곳은 돼지도 날씬하고 거기 있는 선생님들조차 크레용을 처음 봤다는 말에 눈물이 났다며 가져갈 수 있을 만큼 학용품을 준비 중이라고 했다. 남의 아픔을 진정으로 공감하고 어려울 때 스며들 듯 다가가 도움을 주는 것, 참 귀한 것이라는 생각이 들었다.

한참 연락이 뜸해도 잘 있으려니 생각했는데, 그동안 알 수 없는 병으로 투병 중이었단다. 그러나 여전히 씩씩한 목소리로 병원 생활 이야기를 전해주었다. 지금은 건강도 좋아져 얼마 전 캄보디아와 동티모르에 또 다녀왔다고 한다. 정식 교단을 떠났지만, 그녀는 지금도 여전히 아이들과 재미있는 과학 수업을 하며 세상에 빛을 더하고 있다.

봉사로 세상에 빛을 입히는 사람, 작은 것부터 행동으로 실천하는 사람, 머물러 있던 나를 뒤흔든 그녀와의 만남으로 또 다른 세상을 배우는 중이다. 이제 그녀는 새로운 실험을 준비 중이다. 이번 겨울엔 오로라를 만나러 북유럽으로 간단다. 하늘을 가로지르는 찬란한 빛을 눈에 담으며, 그녀는 또 무언가를 꿈꾸고 있을 것이다. 어쩌면 다음 수업은 "얘들아, 오로라는 말이야…."로 시작되지 않을까?

긴 이별의 시작

딸이 다니던 직장을 그만두고 멀리 외국으로 떠난다고 했을 때 우리 내외는 선선히 허락했다. 그를 믿었기 때문이다. 무슨 일을 시작하기 전에 계획서를 만들어 구체적으로 설명을 하고, 그와 관련한 이런저런 일들을 세세히 살피는 성정을 읽던 우리 부부였다. 전에도 스웨덴에서 2주, 길게는 석달 정도 머물다 온 적은 있었지만, 이번에는 아예 그곳에 터를 잡고 살 계획이라고 했다. 준비할 것이 많았다.

그 와중에도 내 마음을 헤아려 여행을 제안했다. 가족 여행을 가고 싶었지만, 늘 바쁜 남편과 아들은 직장에 매여 있으니 자연스레 둘만 가는 여행이 되었다. 딸과 함께하는 여행이 처음은 아니나, 보름 동안 함께하는 것이라 더 설레기도 했다. 장소는 가깝고 물가도 비싸지 않은 동남아로 정했다.

하노이에서는 끼엠 호숫가에 나란히 앉아 친구에게 엽서를 쓰며 거리 문화에 젖어보기도 하고 유람선에서 하롱베이의 노을을 보며 하룻밤을 지냈다. 아름다운 마을 루앙프라방에서는 메콩강 변을 따라 걸으며 해 지는 풍경을 바라보기도 하고 마사지로 피로를 풀어내는 정겨운 저녁 시간도 만들었다. 야시장 좌판에 앉아 음식도 사 먹으며 빅트리 식당의 '미자 씨'를 만나러 가기도 했다. 꽝시 폭포의 맑은 물빛과 그곳에서 수영하는 딸의 모습을 찍으며 잔잔한 행복도 느꼈다.

치앙마이에서는 코끼리와 함께 산책도 하고 하얗게 빛나는 빼새 사원도 보았다. 배를 타고 골든트라이앵글을 다녀오던 날, 딸은 여러나라 사람들 앞에서 강남스타일 춤을 추며 분위기를 즐겁게 만들기도 했다. 그런 모습을 보며 딸이 어디에서건 잘 적응하고 잘해 낼 거라는 믿음을 더욱 갖게 되었다.

방콕에서는 함께 시장도 보고 태국 음식을 만들며 즐거운 시간을 보냈다. 햇볕이 쨍쨍한 날에 다녀온 아유타야 유적지, 왕궁, 수많은 사원 등, 모두가 딸과 함께 쌓은 소중한 추억이다.

여독이 채가시기도 전, 딸은 친구와 지인들을 만나느라 분주했지만 필요한 깃들을 챙겨 배편으로 보내고 가져가야 할 짐은 간소하게 꾸렸다. 내가 손을 보태려 해도 사양했다. 조금이라도 도와주고 싶은 것이 엄마 마음이건만 제 일은 제가 알아서 한다고 손도 못 대게 하는 딸에게 한편으론 섭섭한 마음도 들었다. 딸이 떠나기 전날, 나는 그동안 표현하지 못한 마음을 글로 적었다.

다음 날, 공항에서 출국 수속을 하면서도 틈틈이 거기 가서도 자주 전화하고 안부 전할 거라며 우리를 안심시킨다. 담담해 보였던 남편이 눈물을 보였다. 바쁘다고 딸과 함께한 시간이 많지 않은 것에 대한 미안함과 서운함이었을까? 아빠의 눈물을 본 딸이 쉽게 발걸음을 떼지 못하고 연신 돌아다봤다. 나는 눈을 깜박이며 울음을 참는 듯한 딸을 안아주며 전날 쓴 편지를 건넸다. 돌아오는 길 위로 커다란 비행기 한 대가 날았다. 그걸 보는 순간 울컥했지만 그 순간에도 눈물을 참았다.

밤늦게야 중간 기착지인 러시아에 도착했다며 전화가 왔다. 괜찮냐고, 밥은 먹었냐고, 그곳 날씨는 어떠냐며 쉴새 없이 물음이 오가는 가운데도 딸은 담담하게 답을 한다. 그러면서 엄마가 건넨 편지 읽으며 우랄산맥 넘어설 때까지 훌쩍거렸다는 말도 전했다. 그렇게 딸은 자신의 길을 찾아 떠났다.

9.

그때는 그랬지

여행을 다녀왔다. 이틀 동안 밟았던 곳곳의 추억이 휴대폰에 켜켜이 쌓여 있다. 수백 장이 넘는 사진을 정리하는 데 하루가 꼬박 걸렸다. 얼마 전까지만 해도 스냅사진은 인화해서 앨범에 모아두었었다. 지금은 촬영이 끝나는 대로 바로 컴퓨터에 저장한다.

어디 그뿐인가, 필름카메라는 빛의 조절이 쉽지 않아 사진을 배워 볼까도 했었다. 하지만 기계치였던 난 복잡한 장비를 사용할 자신이 없어 포기했다. 그 대신 다루기 쉬운 휴대폰 카메라로 하늘과 구름, 바람 따라 흔들리는 나무들과 꽃, 해 뜨고 지는 풍경을 찍다가 그만, 소소한 일상을 사진으로 담아 일기를 쓰기 시작했다. 하루도 빠짐없이 일기를 쓰면

　　　　　　　　　　　　　　　그 바람 어디쯤

책으로 인화까지 해주던 사이트도 있었기 때문이다.

얼마 전, 적자가 났는지 시진 일기는 종료가 되었다. 근 3년을 쓴 일기를 보면 지난날의 순간이 그대로 담겨 있다.

가까운 이들에게 생일이나 특별한 날에 사진첩을 만들어 드렸더니 무척 좋아하셨다. 처음엔 앨범을 사서 인화한 사진을 넣어 선물하다가 사진 편집 사이트를 알고 나선 포토 북으로 바꿨다. 책을 받고 기뻐하는 모습을 떠올리며 힘든 줄 모르고 즐겁기만 했다. 그때는 내 컴퓨터에 내 사진보다 다른 분 사진이 더 많았었다.

포토 북 만들기에 흥미를 잃어갈 무렵 우연히 사진작가 에드워드 김 추모사진전 광고를 보았다. 그분이 찍은 1954~60년대 풍경 사진에 마음을 뺏겼다. 거기 실린 〈신작로 따라 나들이〉란 사진인데 미루나무가 줄지어 선 신작로 길을 잣 칫집에라도 가듯 두루마기를 입고 갓 쓴 어른들이 걸어가는 사진이다. 돌아가신 외할아버지와 큰아버지도 나들이 때 저렇게 다니셨는데. 사람들의 표정이나 행동, 풍경 속에서 잊고 있던 기억이 되살아났다. 그 한 장의 사진만으로도 마음이 설레어 전시회에 꼭 가보고 싶었는데 다른 일 때문에 못 가서 얼마나 아쉽던지! 만약 다시 전시회를 한다면 그땐 꼭 보리라 다짐했다.

내가 초등학생일 때까진 흑백 사진이 몇 장 있었다. 엄마

품에 안겨 찍은 백일 사진과 마당에서 엄마와 동생과 함께 찍은 사진이 있었다. 그 사진을 찍을 때 어머니는 평상복을 벗고 한복으로 갈아입으셨다. 나들이할 때는 꼭 한복을 입으셨던 어머니의 모습이 신작로를 따라 두루마기를 입고 걸어가는 사진 속 어른들 속에 보이는 듯하다. 엄마에 대한 그리움일까? 흑백 사진 속 인물들이 낯설지 않다. 몇 장 안 되던 그 사진도 모두 잃어버리고 엄마 얼굴은 누군가 그린 초상화로만 남아 있어 맘이 아프다. 아쉬운 마음에 한 장뿐인 엄마 얼굴, 그 초상화를 명함판으로 만들어 지갑에 넣고 다닌다.

휴대폰의 보급으로 사진 찍기가 쉬워져서인지 사진이 귀하던 시절의 기억을 잊고 살 때가 많다. 놓치면 후회될 그런 순간을 잡아 사진과 이야기가 있는 나만의 책을 만들어 볼까 한다. 오래전 사진 한 장에 내 마음을 뺏겼듯이 훗날 누군가 그 사진을 보며 그때는 그랬지, 하며 잠시나마 추억에 잠길지도 모를 일이다.

10.
퀴즈 프로가 맺어준 인연

휴대폰에 저장된 사진을 정리하다가 사진과 섞여 있는 동영상을 발견했다. 동서와 함께 방송에 출연한 것을 시동생이 동영상으로 만든 것이다. 모 방송국 주부 대상 퀴즈 프로 〈추억의 책가방〉에 학창 시절처럼 교복을 입고 2인 1조로 참가했었다. 교복이 입고 싶다는 생각에 싫다는 동서를 졸라 나갔는데 결과가 괜찮았다. 영상 속 아이들의 어렸을 때 모습과 젊었던 내 모습을 보니 어색했지만, 감회가 새로웠다.

내가 처음 퀴즈와 인연을 맺은 건 라디오였다. 엽서로 신청하고 전화로 문제를 푸는 것이었는데도 전화벨 울리는 순간부터 긴장감으로 가슴이 뛰었다. 하지만 금세 문제에 집중할 때는 언제였냐는 듯 긴장감이 풀렸다.

그렇게 시작된 퀴즈 참여는 재미와 함께 상금까지 받는 기쁨도 함께 가져다 주었다. TV에 주부 대상 프로가 시작됐을 때는 얼른 결혼해 참가하고 싶다는 생각도 했다.

결혼 후 아이가 초등학교에 들어갈 때쯤 대전으로 이사했다. 예심을 보러 방송국에 가던 날, 퀴즈를 좋아하는 엄마들이 참 많다는 걸 그때 알았다. 주위 장소를 아랑곳하지 않고 열심히 공부하는 모습을 보며 가볍게 발걸음을 옮겼던 나는 당황했다. 다행히 예심을 통과했고, 녹화하러 서울 가던 날은 멀리 강원도에서 아주버님이 응원하러 오셨었다. 지금은 방송국에서 모든 분장이며 의상까지 신경 써주지만, 그땐 모든 것이 출연자의 몫이었다. 처음으로 텔레비전에 나오는데 민얼굴로 할 수 없어서 방송국 앞 미용실에서 분장에 가까운 화장을 하고 카메라 앞에 섰다. 그러나 문제를 읽는 성우의 목소리는 멀리서 가물거리고 곁에 있는 엄마들의 방망이는 왜 그리도 빠르던지, 한참을 그렇게 끌려가다가 겨우 정신을 차린 끝에 역전승을 하였다. 먼지 쌓인 녹화 테이프엔 낯선 모습의 내가 있었고, 우리 며느리 최고라고 하시던 돌아가신 시아버님의 목소리도 그곳에 잠겨 있는 듯했다.

그 후 컴퓨터의 보급으로 차츰 퀴즈프로그램도 온라인 예심으로 바뀌었다. 인터넷이 원활하지 않아 모뎀을 썼는데 속도도 느리고 밤늦은 시간에야 접속이 가능했다. 얼굴은 모르지만 거기 모인 엄마들과 방을 만들고 예심 문제를 풀며 자연스레 친해졌다. 온라인 예심을 통과하고 2차 예심을 보러 가던 날은 서로 잘 알아볼 수 있게 우리만의 표식으로 손목에 손수건을 묶었다.

함께 모여 놀던 그 사이트가 없어질 때까지 밤마다 모여 문제도 풀고 채팅으로 수다를 떨었다. 동아리 방을 만든 내가 어쩌다 모임을 이끌게 되었고, 오프라인 모임도 자주 있었다. 지금은 퀴즈 프로가 거의 사라졌지만, 그때는 각 방송국 퀴즈 프로에 참가하여 우승한 이를 축하할 겸 자주 모였다. 주로 서울에서 만나 고궁을 거닐기도 하고 오래된 골목을 걷거나 전시회를 찾기도 했다. 같은 관심과 주제로 만나다 보니 이야깃거리는 늘 풍부했다. 만남의 햇수가 쌓여가면서 정 또한 깊어져서일까, 지금까지 친자매 이상으로 다정하게 지내고 있다.

모임방을 만들어야 해서 사이트를 몇 차례 옮기다 보니 함께하던 이들도 자연스레 줄었다. 강산이 두 번 변할 만큼 시간이 지난 지금은 열 명 남짓 남아 카카오톡에서 채팅으로 일상을 나누고 있다. 퀴즈가 좋아 컴맹 탈출도 하고 취미가 같은 엄마들끼리 모임도 만들었다. 사는 곳 나이도 다르지만 만나면 반갑고 헤어질 땐 아쉽다. 하나하나의 삶의 이야기를 들으며 공감하고 꿈을 갖게도 한다. 퀴즈에 대한 열정이 많이 식었지만, 퀴즈 프로가 부활한다면 한 번쯤은 또 도전해 볼 것 같다.

금명숙『물빛 그리움』
읽음[讀], 흐름과 멈춤의 미학

글_ **이정우** 시인

금명숙『물빛 그리움』
읽음[讀], 흐름과 멈춤의 미학

글_ **이정우** 시인

금명숙 수필가는 글을 쓰기 위해 사물을 보지 않는다. 일반적으로 본다는 것은 육안으로 사물의 형상을 살피는 것이다. 이러한 '봄'은 사물과 사람, 자아와 타자 간의 틈을 낳는다. 그래서 읽는다. 그의 '읽음'이라는 행위는 사물이 지닌 의미를 찾아내어 상호 관계를 구축해 준다. 사물이 지닌 외적 이미지 외에도 내적 본질을 찾아낸다. 그리하여 작가와 사물이 함께 존재하며 두 개체 사이에는 심미적 교감이 이루어진다. 이러한 관계를 추구하는 작가가 금명숙이다.

그는 2008년 「수필과비평」 신인상을 받으며 등단했다. 그리고 17년, 첫 수필집『물빛 그리움』을 상재하였다. 그러면서 서문에 "이 책 속에 단 한 편의 글이라도 읽어주는 누군가에게 기쁨과 소망을 전해줄 수 있다면 그 이상의 기쁨은 없을 것 같다."라고 적었다. 문패란 작가가 이루어낸 정신적 삶을 당당하게 드러내는 역할을 한다. 그러면서 또 이렇게 말한다. "거친 문투나 습벽들이 오늘의 것과 뒤범벅이 되기도 하고, 더러는 의도함에 따른 주제가 낯설어 밖으로 옮기기가 편치 않을 듯싶었지만 용기를 낸다. 여기 지나간 날들의 삶의 기록에서 몇을 추려 한 권의 책으로 엮게 된 것을 감사하게 생각한다."고.

금명숙은 읽는다. 보는 것보다는 사물과 자연과 인간이 공유하는 역동적인 흐름과 멈춤의 순간을 읽는 작가로서의 소명을 증명하려 한다. 당연히 수필 전편에 흐르는 내용도 읽음과 앎을 교차시키는 담론이 자주 등장한다. '강좌, 우화, 기록, 문양, 편지'라는 단어뿐만 아니라 대부분의 행위동사도 '읽음'에 맞추어지고 있다.

그는 머리부터 발끝까지 모두를 읽기 위한 도구로 여긴다. 사물을 응시할 때면 겉 이미지가 아니라 속 의미를 끄집어내려 한다. 봄 냉이가 흙을 뚫고 나올 때의 풋풋한 생기처럼 지금까지 쉽게 보지 못한 의미소를 잉태시키는 것이다. 감각적인 지각보다 감수성과 앎이 조화된 분별심이 더 강하게 나타나는 이유도 낭만적인 느낌보다 분석, 종합하는 성찰을 더 추구하기 때문일 것이다.

그것을 단적으로 보여주는 작품 「아버지와 비」, 「어머니의 자리」는 표제 그 자체이다. 아련함 속으로 향하는 작가의 의욕을 고스란히 담고 있다.

『물빛 그리움』은 작가가 추구하는 글의 세계를 예시해 준다. 그는 수필은 사물의 본질을 들여다보고 그 근원을 밝히는 것이라는 견해를 가진 듯하다. 이러한 작업은 육안으로는 가능하지 않다. 사물이 지닌 존재성과 그 가치를 표기하는 기억소記憶素를 들추어내는 경우에만 가능하다. 그 점에서 작가의 내적 성찰력이 돋보인다.

자신이 누구이며 무엇인가를 진정 알려면 어떤 포즈가 바람직할까. 「골목길을 걷다」가 그 품세를 보여 준다. 글 속의 화자로서 작가는 제목과 달리 길에 서 있지 않다. 냉기가 바닥에서 올라오고 새벽 촛불이 환하게 켜진 성당의 한 가운데에 앉아 있다. 찬트만이 적막을 깨우는데 유체 이탈 같은 자세로 '진정한 나를 만나는 일'에 몰두한다. 그 지극한 부동은 생각함, 다다름, 벗어남, 두드림이라는 모든 심적 율동을 포함함으로써 '읽음'의 경지를 이루어낸다.

종종 유년의 기억을 소환해 추억의 길을 즐기던 작가는 이번에는 바다로 향한다. 소나무가 아름답게 펼쳐진 나오시마

해변에서 변화 많은 세상사 부질없음도 자각한다. 결국 그가 가고픈 곳은 어제와 오늘이 함께하는 시간을 닮은 호젓한 장소이다. 그곳이 선운사 동백꽃 숲속이든, 테를지국립공원 푸른 초장이든, 아침 물안개와 옹달샘, 군불을 지핀 너와집이었든.

마지막 읽기 대상은 사람들이다. 사람은 자연에 못지않은 사연을 지닌, 고전적인 언어로 이루어져 있다. 봉사활동으로 세상에 빛을 입히는 사람을 그려낸「분명, 무언가를 꿈꾸고 있을 것이다」가 꼭 그만큼이다. 남편의 삶에 앵글을 맞추어 가족에게 헌신하는 세상 가장들의 애환을 펼친 글에「차마 버리지 못하고」가 있다면, 어머니의 안타까운 삶을 담은 글이「어머니의 자리」이다. 후자는 사람을 바라보는 시선을 대변해 준다. 어머니를 회상하는 시선은 경건하기 이를 데 없다. "어머니가 집을 떠나던 날, 살아계실 때 한 번도 나서지 못한 문턱을 돌아가서서야 나서는구나 하는 생각에 목이 메였다."고 말하는 딸의 심정은「세 번째 스무 살에」에서 가부좌를 튼 단아한 모습의 작가를 떠올려준다.

금명숙 작가의 수필은 심상 교신의 기록이라고 말할 수 있다. 이는 깊이 있는 감성으로 대상을 읽고 말하려는 작가 의식만이 이루어낸다.『물빛 그리움』이 시간으로는 근원을, 공간으로는 원형을 밝혀가는 미학의 결실인 이유가 여기에 있다.